ASSIM NA TERRA COMO EMBAIXO DA TERRA

ASSIM NA TERRA COMO EMBAIXO DA TERRA
ANA PAULA MAIA

9ª edição

EDITORA RECORD
RIO DE JANEIRO • SÃO PAULO
2025

BRASIL. CATALOGAÇÃO NA PUBLICAÇÃO
SINDICATO NACIONAL DOS EDITORES DE LIVROS, RJ

M184a
9ª ed.

Maia, Ana Paula
Assim na terra como embaixo da terra / Ana Paula Maia. –
9ª ed. – Rio de Janeiro: Record, 2025.

ISBN 978-85-01-10823-4

1. Romance brasileiro. I. Título.

16-37171

CDD: 869.3
CDU: 821.134.3(81)-3

Copyright © Ana Paula Maia, 2017

Todos os direitos reservados. Proibida a reprodução, armazenamento ou transmissão de partes deste livro, através de quaisquer meios, sem prévia autorização por escrito.

Texto revisado segundo o Acordo Ortográfico da Língua Portuguesa de 1990.

Direitos exclusivos desta edição reservados pela
EDITORA RECORD LTDA.
Rua Argentina, 171 – Rio de Janeiro, RJ – 20921-380 – Tel.: (21) 2585-2000.

Impresso no Brasil

ISBN 978-85-01-10823-4

Seja um leitor preferencial Record.
Cadastre-se no site www.record.com.br e receba informações sobre nossos lançamentos e nossas promoções.

Atendimento e venda direta ao leitor:
sac@record.com.br

Aos meus pais

"No fim, somos todos livres, porque, no fim, estaremos mortos."

Bronco Gil

1

Pouco havia restado, fossem homens ou animais. Enxadas e foices permanecem largadas nos cantos das plantações ressequidas pela falta de chuva. Um córrego estreito e malcheiroso fornece água, porém mingua visivelmente dia após dia, sugado pelo calor intenso que o evapora e deixa o ar úmido e pesado. Ainda há movimentação no galinheiro e alguns grunhidos na pocilga, o que garante carne na panela para os próximos dias; no mais, a escassez preocupa. Aguardam uma ordem, um comboio que virá buscá-los e levá-los a outra parte, mas a consternação aumenta desde que a comunicação com o lado de fora dos muros silenciou. As linhas telefônicas estão interrompidas há dias, e a última notícia que tiveram é que um oficial há de chegar ao local para uma inspeção final e os conduzirá ao destino seguinte. De acordo com os cálculos, o oficial está atrasado em pelo menos sete dias, e isso aumenta vertiginosamente o sentimento de angústia. Tudo o que fazem é aguardar.

Valdênio abana com o seu chapéu de palha algumas moscas que voejam em torno da carcaça do vira-lata seco, de costelas à mostra. Há dias que se alimentam dele. Morreu doente, com uma úlcera na barriga que se expandiu e o apodreceu gradativamente. O cão lambia a própria ferida, contemplava com tristeza e algum assombro sua carne definhar. A ferida surgiu pequena, do tamanho de uma verruga, acobreada. Aos poucos, o cão foi se tornando mais quieto e sua euforia com as sobras da cozinha foi diminuindo. Valdênio cozinhava um mingau para o cão, quando este deixou de se alimentar; por tão fraco, sua mordedura fragilizada já não triturava mais nada. Untou a ferida com algumas ervas e pólvora, mas não era o suficiente. Fazia dois dias procurava pelo cão sumido. Morreu debaixo de uma árvore com pouca folhagem. Valdênio pega a enxada caída próximo dali e abre um buraco raso onde coloca o animal esquelético, cobrindo-o com terra.

Ao longe, um homem grita seu nome e acena para ele. Valdênio, ajoelhado, termina de espetar no solo avermelhado uma pequena cruz feita com dois gravetos. Levanta-se e caminha puxando a perna esquerda, apoiando-se numa bengala de madeira.

— Sim, senhor? — diz Valdênio.

— Melquíades quer falar com você — diz Taborda.

Valdênio vira-se para seguir até o escritório de Melquíades, quando Taborda o questiona sobre o cão.

— Vou sentir falta daquele cachorro — comenta Taborda.

— Todos nós, senhor.

— Nunca achei que fosse me apegar a um vira-lata tão vagabundo.

Valdênio conserva-se em silêncio, atento ao semblante doloroso do agente penitenciário. Aguarda que este levante os olhos e lhe dê permissão para ir até o escritório de Melquíades, agente superior e a maior autoridade dentro dos muros.

— Acho que é isso que acontece com a gente num lugar como este. A gente acaba assim, se apegando a qualquer trapo.

Taborda lança o olhar aguardado por Valdênio, que, apoiado na bengala, caminha devagar em direção à sala da diretoria, localizada no pavilhão central.

Melquíades está sentado à sua mesa, com as mangas da camisa arregaçadas e o botão do colarinho desabotoado. De braços e pés cruzados, parece tão somente aguardar sabe-se lá o quê.

— Pois não, senhor?

— Valdênio, o que temos hoje para o almoço?

— Galinha, senhor.

— De novo?

— É o que temos e...

— Mas e o leitãozinho? — interrompe Melquíades.

— O que tem ele?

— Podemos assá-lo.

— Sim, senhor. Mas o Pablo já matou e depenou a galinha pra hoje.

— Eu estava pensando, Valdênio, podíamos deixar o leitãozinho para o dia em que o oficial chegar. Afinal, precisamos oferecer um almoço a ele.

— Como o senhor achar melhor.

Melquíades dá um pulo da cadeira e bate palmas uma vez. Seu entusiasmo tem se tornado cada vez mais estranho, e a perturbação no seu modo de agir tem afligido a todos na Colônia. Segura Valdênio pelos ombros e olha em seus olhos trêmulos:

— Estou certo, Valdênio, que você fará o melhor leitão assado de todo este maldito lugar.

— Vou me esforçar, senhor.

— Ainda temos aquela aguardente?

— O Bronco Gil ainda tem duas garrafas.

— Ótimo. Faremos um banquete para o oficial.

Solta os ombros de Valdênio com a mesma intensidade com que os agarrou, e este chega a perder o equilíbrio, mas, com a ajuda da bengala, novamente encontra o eixo para se firmar.

— Eu diria também que devemos ter um pouco de música aqui, não acha? Pablo ainda toca aquela gaita?

— O senhor confiscou a gaita.

— Confisquei? Verdade?

Melquíades enruga a testa e se questiona sobre o confisco da gaita de Pablo.

— E você, por acaso, sabe onde a coloquei?

— O senhor jogou do outro lado do muro.

— Joguei? — espalma a mão contra o próprio peito, admirado de sua conduta. — Quando foi isso?

— Semana passada.

Melquíades caminha ardiloso até bem próximo de Valdênio, como se surrupiasse os pensamentos do homem.

— E você saberia me dizer o motivo de eu ter confiscado a gaita?

Valdênio mantém os olhos baixos, fixos em sua perna aleijada. Não sabe se diz a verdade ou se responde apenas não saber de nada.

— Se o senhor confiscou, teve suas razões, senhor.

— Ah, muito bem. Boa resposta. Evidentemente eu tive os meus motivos e gostaria de saber: você concorda com os meus motivos?

Valdênio permanece cabisbaixo.

— Desculpa, senhor. Eu só trabalho na cozinha. Não entendo nada das leis.

— Não falo de leis, homem, falo de justiça. Pablo desacatou a minha ordem. Era necessária uma punição, não concorda?

— Sim, senhor — responde entre os dentes e com um engulho na garganta.

Melquíades posiciona-se na frente de Valdênio. Contrai o rosto e tensiona os olhos enquanto o investiga minuciosamente, sem tocá-lo, apenas o farejando.

— Valdênio, você é o melhor cozinheiro que já tive neste lugar. Temos batata?

— Tem, sim, senhor.

— Não esqueça de deixá-las bem crocantes, você sabe como eu gosto.

Melquíades dá meia-volta e vai se sentar à mesa. Abre a gaveta, puxa algumas folhas de papel e as acomoda alinhadamente numa sequência que para ele tem lógica, mas que para Valdênio é mais uma esquisitice.

— O que você está fazendo aí, preso?

Valdênio abre a boca sutilmente com a intenção de falar, mas emite apenas alguns balbucios, e seu olhar constantemente trêmulo não se fixa em ponto algum. Olha para baixo e recua um leve passo para trás.

— O que temos hoje para o almoço?

— Galinha.

— Outra vez? Vou acabar criando penas. E o leitãozinho?

— O senhor disse que quer assar o leitão quando o oficial chegar.

— Mas é claro, Valdênio. Essa é uma ótima ideia. Façamos isso. O que está esperando?

— O que, senhor?

— Parado aí... está esperando o quê?

— Nada, senhor. Já estou indo para a cozinha. Com licença.

Valdênio arrasta a perna doente como se estivesse atado a uma bola de ferro. Seu caminhar lembra o flagelo de um prisioneiro, ainda vivendo com relativa liberdade, que nunca se esquece de sua verdadeira condição. Usa uma tornozeleira eletrônica na perna direita. Ela não pesa e pouco incomoda, mas o faz lembrar, assim como a todos os outros neste lugar, que um passo além dos muros da Colônia sua perna explodiria. É impossível ser removida, a não ser pelos agentes que o monitoram. É muito pior do que uma bola de ferro, é uma bomba eletrônica que amputaria seu pé.

Valdênio é velho para um lugar como este. Tem sessenta e cinco anos. Passou a metade da vida encarcerado, atrás de grades de ferro ou em colônias penais como esta, fazendo todo tipo de trabalho. Já deveria estar solto, mas a Justiça o mantém neste lugar. Agora, espera nunca encontrar a liberdade em vida, pois já não há quem espere por ele do lado de fora dos muros. O mundo mudou, e ele também, mas não na mesma sintonia. Valdênio tornou-se mais velho, doente e não muito mais esperto. O mundo recrudesceu. Ser jogado para fora dos muros seria para ele entrar num outro confinamento de sobrevivência e resistência que já não pode mais replicar. Seus primeiros anos de detento foram difíceis; aos poucos entendeu como o sistema funciona.

Apanhou dezenas de vezes, teve o crânio esmagado, o maxilar deslocado, braços e pernas quebrados; por fim, um dia ficou lesionado da perna quando foi jogado da laje de um pavilhão. Nem todas as vezes ele soube por que apanhou, muito menos da última, quando foi deixado para morrer, mas sobreviveu. Seu corpo, moído no inferno, aguarda o fim dos seus dias. Já não questiona mais. Obedece. Cumpre as ordens. Baixa a cabeça e se retira. Apanha, às vezes com motivo, às vezes sem. Por onde passou, derramaram seu sangue. Seu rastro pode ser seguido. Intriga ter sobrevivido durante tantos anos. Pouquíssimos chegam à terceira idade encarcerados.

Valdênio se retira do pavilhão central em direção ao pavilhão oeste, onde ficam a cozinha e o alojamento dos apenados. Taborda permanece sentado no mesmo lugar de antes, à sombra de uma amendoeira, de onde observa Bronco Gil apontar ao longe, com seu arco e flecha pendurado num ombro e uma corda apoiada no outro, puxando algo escuro e pesado atrás de si. Ele caminha sem pressa, desgastado, devido à longa noite que teve, arrastando as botas de couro no chão de terra vermelha e empoeirado. Tem um corte no braço direito. O sangue escorrido sobre a pele secou. Contrai o cenho e repuxa os lábios, deixando os dentes à mostra. Não há nuvens no céu; somente um sol inclemente maltrata tudo o que está abaixo dele.

Taborda ergue os olhos novamente quando já é possível ouvir as pisadas de Bronco Gil. De braços cruzados, suspende o boné e dá um longo assobio.

— Dessa vez você se superou, índio.

— A disgrama deu trabalho a noite toda.

— Vai aonde?

— Esfregar na cara do seu chefe — responde Bronco Gil, seguindo até o pavilhão central sem diminuir o passo.

Bronco Gil joga o corpo do javali morto no meio da sala de Melquíades, que imediatamente para de polir uma espingarda apoiada no colo. Olha para Bronco Gil e para o animal que exala um ultrajante odor de carniça. Bronco Gil acende um cigarro. Havia guardado este último para degustar quando finalmente concluísse seu trabalho. Permanece em silêncio, observando Melquíades, que volta a olhar para a arma que tem nas mãos. A porta do armário com dezenas de armas está aberta atrás dele.

— Eu me lembro da primeira vez em que meu pai me levou pra caçar — começa Melquíades. — Eu usei uma destas aqui. — Olha para a arma com afeto. — Realmente peguei gosto pela caça, até que uma jaguatirica quase me destripou. Desisti de caçar animais selvagens por muito tempo. — Melquíades levanta-se e coloca a espingarda de volta no armário. Desliza as mãos suavemente, tocando o armamento cuidadosamente organizado. Apanha um rifle antes de fechar o armário com um cadeado.

— De todos, este é o meu preferido. É lindo, não acha?

Bronco Gil concorda com um breve aceno de cabeça. Melquíades faz um ajuste na arma e aponta para ele, que permanece na mesma posição, sem esboçar nenhum sentimento. Regula a luneta do rifle.

— Particularmente, não gosto muito destas lunetas, prefiro mirar a olho nu. Índio, eu podia arrancar seu olho bom daqui — afasta a arma milimetricamente para o lado. — Ou a sua orelha.

Bronco Gil traga o cigarro mais uma vez, como se desprezasse a atitude de Melquíades, que pendura o rifle sobre o ombro e sai de trás de sua mesa. Apruma-se, passa a mão na cabeça lisa e suada e, em poucos passos, depara-se com o javali aos seus pés. Inclina o corpo sobre o animal e espia suas presas. Toca levemente na pelagem áspera e negra e sente espetar a mão.

— Já reparou como os javalis mortos parecem felizes? — Olha para Bronco Gil com um ar inquisidor e volta a observar o animal. — É um belo exemplar. Gostaria de colocar essa cabeçorra aqui na minha parede. É extremamente vigoroso. — Cala-se, fixa o rosto bem próximo do focinho do javali e dá um tapa na própria perna, extasiado.

— É impressionante. Eles morrem sorrindo. Então me diga, índio, como capturou a criatura?

— O senhor está vendo essa flecha aí no dorso dele?

— Foi assim, de uma só vez?

— É o ponto que derruba eles. É o local certo pra se matar um javali.

— Fico pensando, índio, se você tivesse os dois olhos funcionando, hein? Como seria? Deus sabe o que faz.

— Agora, o nosso combinado.

— Do que você está falando?

— Eu disse que pegava o bicho.

— Esses demônios da floresta! Devastam tudo.

— É só um porco grande. Demônios não morrem com uma flechada.

— Não, não mesmo. Vamos assá-lo. Mas a cabeça eu quero empalhada. Vou colocar ela bem ali — aponta para a parede atrás de sua mesa. — Vai ficar ao lado da cabeça do javali que eu cacei uns meses atrás. — Melquíades leva a mão ao queixo e permanece contemplando a parede ornada por uma foto emoldurada do presidente da República.

— Agora, senhor, o nosso trato.

— Do que está falando, Bronco? Bronco, eu não entendo o seu nome. Bronco — repete como se cuspisse.

— Eu trago o javali e o senhor...

— Já sei, já sei... vou cumprir o acordo. A partir de hoje vocês podem usar a sala de jogos, ouvir música, quem sabe receber alguma mulher... mas neste fim de mundo e sem os telefones funcionando será difícil conseguir uma vadia — salienta, o dedo em riste. — Mas... haverá regras e horários.

Bronco Gil sorri levemente.

— Vou esquartejar o javali e guardar no freezer.

— Peça ao Taborda para empalhar essa cabeça também. Aproveita e diga a ele que eu quero saber da cabeça que ele tá preparando há mais de dois meses pra mim. Ah! — exclama Melquíades, indicando o arco e as flechas pendurados no ombro de Bronco Gil. — Isso fica aqui.

Bronco Gil deixa o arco e as flechas no chão da sala ao lado da porta, pede licença, puxa o javali pela corda e o arrasta para fora do pavilhão central. Taborda permanece na mesma posição: sentado à sombra da amendoeira. Bronco Gil estende o javali no chão, apanha uma machadinha e começa a desmembrá-lo. Retira primeiro a cabeça e a leva para Taborda.

— Melquíades disse pra você empalhar.

— Ainda tem serragem?

— Tem, sim. Lá na oficina. E ele perguntou sobre a cabeça que você tá preparando.

— Ah, sim, só faltam os olhos. Neste fim de mundo eu não tenho como conseguir um bom par de olhos.

Taborda olha para o chão onde está a cabeça do javali. Imediatamente pequenos insetos sentem-se à vontade para explorá-la.

— É uma bela cabeça, mas você estragou um pouco aqui — diz, tocando a bochecha do animal — podia ser mais cuidadoso.

Taborda suspira e, com certa dificuldade, levanta seu corpo pesado e se coloca de pé. Segurando a cabeça do javali, caminha, deixando um leve rastro de pingos de sangue.

* * *

Pablo está com a barriga encostada na pia da cozinha picando uma cebola em cubos diminutos. Funga constantemente devido à irritação nos olhos causada pelo gás que emana da cebola partida.

— Achou o vira-lata?

— Já até enterrei ele — responde Valdênio, aproximando-se da pia.

— Eu queria ter dado um tiro na cabeça dele. Não gosto de ver o bicho sofrer desse jeito. Será que o oficial chega hoje?

— Não sei. Tenho medo de ele não chegar a tempo.

— Melquíades enlouqueceu de vez.

— Está completamente perturbado.

— Espero que não demorem demais pra chegar aqui. — Pablo ajunta uma montanha de cebola picada sobre a tábua de madeira. Olha para trás e modera o tom de voz: — E se deixarem a gente aqui?

— Fugimos — sussurra Valdênio.

— Com esta bomba no tornozelo? Acho que ninguém tem chance de escapar. Além do mais, Melquíades mata a gente antes.

— Deus está olhando por nós. Aguente mais um pouco.

— Acho que a gente não passa de hoje.

— Vamos ter fé, Pablo. Mais um pouco e eles chegam.

— Você vai morrer preso, Valdênio.

— Não tem mais nada lá fora pra mim.

— Mas eu tenho. Você ainda vai me ajudar a fugir?

Valdênio não responde e mantém-se cabisbaixo, descascando batatas. Pablo olha insistentemente para ele e consterna-se com o silêncio. Permanecem lado a lado preparando o almoço e transpirando à beira de panelas ferventes na grande e encardida cozinha do pavilhão.

2

Taborda separa o couro do osso e deixa a pele pendurada num galho de árvore. Limpa a cabeça do javali, removendo todo o conteúdo. Ele é hábil nessa atividade, e o cheiro fétido ao seu redor faz com que apenas as moscas se aproximem dos resíduos ensanguentados. Com uma faquinha, ele raspa o excesso de carne colada ao osso. Seca o suor da testa com as costas da mão. Dá-se por satisfeito ao ver um monte de carne desfiada ao lado de sua perna. Levanta-se, apanha o esqueleto e uma pá e segue até o formigueiro, localizado nos fundos do pavilhão central. Com agilidade, ele cava a terra de onde centenas de formigas saem e ali coloca o crânio do javali. Joga a terra por cima e afasta-se apressadamente, debatendo-se e pisando com força no chão. Dali a dois meses, as formigas terão feito a limpeza geral no crânio, devorando dia e noite as carnes que não foram removidas manualmente. Apanha o couro que havia pendurado no galho de uma árvore e o leva para ser curtido no sal grosso dentro de um quartinho abandonado que servia outrora de depósito de feno.

Tendo passado alguns dias, o couro será lavado com água para tirar o sal e mergulhado num latão cheio de uma solução que mistura alúmen de potássio e água e assim permanecerá por dois meses, até o crânio estar devidamente limpo pelas formigas, para só então, ser novamente vestido pelo couro e costurado nas extremidades.

Recolhe as vísceras cranianas e as leva para uma parte do terreno conhecido como lixão. É onde costumam queimar o lixo, já que o caminhão da coleta passa apenas uma vez ao mês na Colônia. Taborda caminha sem pressa, pois entre os muros o tempo desliza numa cadência diferente. Há dez anos trabalha como agente penitenciário. Desde então engordou, atira sob ordens e obedece a todas as coordenadas de seu chefe. Consegue acompanhar todos os campeonatos de futebol e pensa em se aposentar dentro de mais alguns anos. Pouco faz agora, mas, quando estiver aposentado, pretende comprar um barco e navegar para muitos lugares. Não se sente muito diferente dos presos que vigia. Grande parte da última década passou ali dentro. Vai muito pouco em casa, em folgas raras. Vez ou outra tem notícias da família e mensalmente envia dinheiro.

Foi adestrado para obedecer. Ainda que não concorde com algum método ou procedimento, deve apenas fazer o que lhe mandam. Tornou-se indiferente, tanto aos outros quanto a si mesmo. Não tem nenhum credo, ideologia ou postura política. Carrega uma arma, e, quando precisa usá-la, a usa. Ainda tem bons sentimentos quando pensa nos filhos, mas pouco é o que resta nele.

Volta a sentar-se sob a amendoeira e espera que façam sinal indicando que o almoço está pronto. No mais, permanecerá de guarda, vigiando os espaços da Colônia, que foram reduzidos desde que o número de ocupantes também foi reduzido. Quando receberam a notificação de que a Colônia seria desativada, Melquíades tornou-se ainda mais violento. Dois agentes pediram baixa do serviço; Taborda é o único que permanece. Talvez, do pouco que carrega na alma, exista misericórdia. Não gosta de pensar nisso, mas age impulsivamente quando todos os dias decide permanecer na Colônia, vigiando os presos e observando os passos de Melquíades. Não demonstra, mas teme seu superior da mesma forma como todos os outros homens que estão ali dentro.

Bronco Gil aproxima-se e senta-se em um toco de árvore.

— O que foi, índio?

— Alguma notícia do oficial?

— O que você tem a ver com isso?

— Só queria saber.

— Não é da sua conta.

— Sabe pra onde vamos?

— Não. Pra que você quer saber?

— Tenho o direito de saber.

— Sua alma e seu corpo não pertencem mais a você. Seu direito de saber também não. Só vai saber o que eles quiserem que você saiba.

— Taborda, você concorda com o que está acontecendo aqui?

Taborda exalta-se e levanta-se bruscamente. Empurra Bronco Gil com a ponta da sua escopeta.

— Não me subestime, Bronco Gil. Eu sei que você anda tramando por aí. Você acha mesmo que vai deixar este lugar? Melquíades vai te deixar por último e comer o teu olho bom.

Taborda afasta-se pisando duro, insistindo em manter a mesma postura rígida de Melquíades, mas seu coração está apertado. Não concorda com nenhum dos atos de seu superior e sente-se terrivelmente miserável quando os presos olham para ele com clemência. Não sabe o que fazer, não foi treinado para ter compaixão ou para desobedecer. O sentimento de hierarquia o corrói como um verme.

Bronco Gil sente-se atado. Poderia ter matado ambos os agentes, mas isso implicaria décadas de prisão. Envelheceria no cárcere, como Valdênio, se não fosse morto antes, o que seria mais provável. Problema para ele não é matá-los, mas o que essas mortes acarretariam. Matar um agente da Justiça faz com que ela mostre seus dentes ferozmente. Por isso, ele espera, resignando-se. Bronco Gil não é um homem bom e sabe disso, não espera ser tratado de acordo com seu caráter, mas de acordo com sua conduta dentro dos muros. Se matar Melquíades e Taborda, certamente será fatiado lentamente. A Justiça comerá seus pedaços até que reste apenas seu olho de vidro. O ideal é fugir, mas o isolamento da Colônia não permitiria que chegasse longe. Com o jipe, os agentes o alcançariam no caminho. Melquíades atirou na cabeça de todos os cavalos para evitar que fossem usados em uma fuga. O estábulo está vazio há meses, e isso aconteceu logo depois de Bronco Gil ser transferido para a Colônia.

* * *

Não havia placas de sinalização que direcionassem a um caminho. O asfalto estava cheio de rachaduras e depressões. Nenhum animal rastejava no acostamento. Nenhum pássaro no céu ou mesmo pousado em uma árvore. Nenhum arrulhar. Nenhum ninho. Nem mesmo o vento era possível ser sentido. Ao olhar para trás, não podia ter certeza de seguir para o início ou para o fim, pois ambas as direções se assemelhavam.

A traseira do furgão que transportava Bronco Gil e mais dois homens possuía janelas pequenas com grades nas laterais e na porta dos fundos. Os três homens permaneciam em silêncio, conduzidos a um lugar que supostamente seria melhor do que a carceragem fétida e superlotada na qual estavam. Foram selecionados para irem para a Colônia, mas nenhum deles sabia exatamente o que os diferenciava dos outros e quais atributos lhes concediam a transferência do buraco em que estavam para um espaço amplo, ensolarado, com direito a uma pena mais branda. Achavam-se algemados pelos pulsos e tornozelos, e essas algemas, por sua vez, estavam fixadas numa barra de ferro soldada no furgão. Era difícil se mexer. Não havia como escapar. Além de terem sido rigorosamente inspecionados.

— Espero que tenham uma marcenaria. Eu sou marceneiro — comenta um dos homens, puxando assunto.

— Eu tive a minha própria marcenaria e fazia porta, armário, cama, beliche, já fiz até caixão por um tempo. Depois parei com isso porque minha mulher não gostava, era supersticiosa.

Nenhum dos homens faz comentário algum, mas prestam atenção ao que ouvem, como forma de abrandar a longa viagem.

— Como veio parar aqui? — pergunta outro preso.

— Matei um policial.

— Foi pessoal?

— Também. — Dá de ombros. — No fim das contas, muita gente saiu ganhando com a morte dele. Inclusive eu. Paguei a cirurgia da minha filha com o dinheiro que recebi. Agora ela está bem. Ganhou um rim novo.

Retomam o silêncio de antes. Um espectro nauseante os envolve. São todos homens de sangue. Em sua maioria, matando para os outros, como abatedores em um matadouro. Uns compram a morte; outros a vendem como mercadoria.

O homem retoma a conversa, após ter passado alguns minutos mergulhado em uma espécie de reflexão.

— Sofri bastante na prisão, porque quem mata polícia sofre mais. — Faz uma pausa. Pensa ligeiramente antes de prosseguir. — Por isso, eu não sei se estamos indo pra um lugar melhor. — Ele inclina o corpo um pouco para a frente e sussurra: — Se eu estou indo pra lá, acho que boa coisa não espera a gente, não.

Bronco Gil já matou espécies diferentes de homens e mulheres. Cumpre pena por apenas um crime: o assassinato do prefeito de uma cidade do interior. Ganhou um bom dinheiro, mas acabou sendo pego. O mandante do crime não lhe deu a proteção devida. Mas Bronco dedurou o mandante e contou tudo o que sabia. Levou para a cadeia mais cinco pessoas com ele.

— E você, índio, tá devendo o quê? — perguntou o preso ao concluir seu relato pessoal.

— Matei um prefeito — responde, lacônico.

— Ihhh, matar prefeito é complicado. Dá galho isso.

— Pois é.

— Foi encomenda?

— Foi.

— E o mandante?

— Dedurei todos eles.

— E eles?

— Estão em liberdade, aguardando julgamento.

— Filhos da mãe. Eles sempre respondem em liberdade. Seja o que for, eles esperam do lado de fora.

— Eu caí num assalto a banco e sequestro — diz o terceiro preso.

— É cana longa — comenta Bronco.

— Pois é. Puxaram minha ficha e caí por dois crimes em anos diferentes.

— Já matou?

— Matei. Mas por assassinato não caí. Eles nem investigaram.

O policial bate com um caneco de alumínio na grade que separa a parte traseira do furgão, onde estão os condenados, da parte da frente, onde estão os dois policiais. Pede para calarem a boca. Não há escolta, o que é raro, porém os presos só souberam da transferência na véspera. Não seria possível armar uma fuga com a ajuda de terceiros.

Não há como mensurar as horas de viagem, mas, pela cor do céu através da pequena janela, nota-se que ao menos cinco horas já se passaram. Ainda não pararam para ir ao banheiro uma vez sequer, quando o policial toca o furgão para o acostamento e diminui a velocidade até a parada total. Um dos presos desperta de um cochilo e pergunta se já chegaram. Os outros não respondem, pois não sabem. Um dos policiais abre a porta do furgão, tendo o outro em sua retaguarda com uma arma em punho.

— Um de cada vez, vocês podem descer e mijar. Mas têm que mijar bem rápido.

— Senhor, estou morto de sede — diz um dos presos.

O policial entrega uma garrafa plástica com água para cada um deles.

— Bebam e mijem. Ainda temos mais umas quatro horas de viagem, sem parar.

O policial sobe na traseira do furgão e solta um por vez da corrente que os prende à barra de ferro. Um após o outro, descem do furgão algemados pelos pés e mãos e caminham lado a lado com o policial. Eles mijam no acostamento, esticam as pernas e respiram o ar fresco do fim da tarde.

Bronco Gil é o último; abre o zíper da calça e mija feito um jumento. O solo de terra vermelha afunda com a pressão do jato que faz surgir uma poça entre seus pés.

— Senhor, para onde estamos indo?

— Você saberá quando chegar.

— Por que fomos escolhidos pra essa transferência?

— Tudo o que sei é que tenho que entregar três encomendas: você e aqueles dois bastardos sentados na traseira daquele furgão. E eu espero que vocês não aprontem nada, porque temos ordem de atirar pra matar caso tentem fugir.

Novamente dentro do veículo, os presos sacudiriam por horas, sem saber para onde a estrada os levaria. Uma hora e meia depois, a noite acobertava-os e uma espécie de desolação penetrava aquele confinamento móvel e frio como um prenúncio do fim.

3

Taborda costura o couro do javali no esqueleto ressequido. Ajusta ambas as presas e alinha o focinho. Na órbita dos olhos ainda há dois buracos à espera de um par de olhos de vidro. Não há como conseguir um par de olhos negros e espelhados neste lugar, mas, assim que for à cidade, pretende encomendá-los. Suspende diante do rosto a cabeça empalhada e admira-se do trabalho bem-feito, apesar dos poucos recursos.

Melquíades está esparramado no sofá de couro com pequenos rasgos, por onde a espuma sai. Suas botas estão impecavelmente limpas e brilhantes quando Pablo termina de poli-las, e as deixa no canto da sala. Melquíades estica o pescoço para olhá-las, mas antes que seus olhos as toquem, depara-se com o dedão do pé saindo pela meia furada. Pablo mantém-se quieto, perto da porta, esperando autorização para se retirar.

— Veja só, preso. Este era o meu último par de meias que ainda prestava. Sabe costurar?

Pablo acena positivamente.

— Ali naquela prateleira tem uma caixa com linha e agulha.

Enquanto Pablo apanha a caixa, Melquíades retira a meia furada e a entrega ao preso. Este senta-se num banquinho de madeira, o mesmo em que engraxou as botas, enfia uma linha escura no buraco da agulha e começa a costurar.

— Estava lendo sua ficha e fiquei admirado em saber que você já fugiu do sistema cinco vezes. Cinco vezes! — enfatiza, aumentando a voz. — Você é mesmo teimoso. Não me admira terem mandado você pra cá, pra ficar aos meus cuidados. Sabe quantos homens já fugiram daqui? Hein? Zero. Ouviu isso? Zero homens. Isso aqui já teve seus dias de glória, preso. Foi antes de você chegar. Eu recebia cargas e mais cargas de homens nesta Colônia e os disciplinava. O problema é que uma vez que se corrige o mal, a punição para o mal seguinte precisa ser ainda mais severa. E assim por diante, até que todos estão corrompidos, acostumados com a brutalidade. Não me olhe desse jeito! — exalta-se Melquíades ao perceber que Pablo parou de costurar a meia furada e atenta fixamente ao seu semblante enquanto discursa.

Taborda entra na sala com a cabeça do javali empalhada. Pablo termina de dar os pontos na meia e corta a linha com os dentes. Guarda a caixa no lugar onde a pegou e deixa a meia em cima do sofá, enquanto Melquíades, menos exaltado, admira a cabeça empalhada. Pablo não aguarda outras ordens, desliza sorrateiro para fora da sala.

— Mas ficou muito bem-feito.

Taborda sorri, satisfeito:

— Obrigado, senhor.

— Estava pensando em colocar bem ali, atrás da minha mesa. Acima da minha cabeça. O que acha?

— Bem, senhor, ali já está a foto do presidente da República.

Melquíades vira-se e olha para a foto pregada na parede. Inclina a cabeça para o lado, analisa as proporções da parede e seu entorno. Deixa a cabeça empalhada sobre a mesa e cuidadosamente retira o quadro com a foto do presidente. Olha as outras paredes da sala e nada lhe parece muito adequado. Entra no pequeno banheiro de sua sala e de lá fala para Taborda:

— Encontrei um lugar.

Taborda entra no banheiro, e um prego na parede acima do vaso sanitário descansa, enferrujado e inútil.

— Parece bem firme — Melquíades força o prego e percebe que está enraizado na parede de um modo que seria preciso um peso extraordinário para removê-lo. — Vai aguentar bem. — Melquíades pendura o quadro e o ajusta até que esteja perfeitamente alinhado. — Estranho, mas fica torto. Percebe, Taborda?

— É a parede que é torta.

— É verdade, não tinha reparado nisso antes. Não acha que pode parecer desrespeito colocar a foto do presidente aqui?

— Depende do ponto de vista, senhor.

— Bem, ainda está na minha sala, na sala oficial da Colônia Penal.

— Acho que não haverá problema.

— Reparou que tanto o javali quanto o presidente estão sorrindo?

Taborda, pensativo, acena em concordância.

— Tanto melhor, senhor — responde.

Os dois saem do banheiro e Melquíades, animado, apanha dois pregos e um martelo de uma caixa de ferramentas na estante. Puxa sua cadeira para o lado, apanha o banco de madeira, sobe para alcançar a altura desejada na parede e começa a pregá-los ao lado de onde já há um prego fincado. Confere a resistência de todos eles e pendura a cabeça do javali empalhada, verificando as extremidades para que não fique torta. Avalia as presas pontiagudas tocando-as com a ponta do dedo indicador. Está fascinado. Quando se dá por satisfeito, desce do banco e caminha alguns passos, ganhando distância suficiente para perceber o enquadramento que tem sua mesa de trabalho como destaque.

— Firme. Parece bem firme.

Melquíades , satisfeito, para a cabeça empalhada. Taborda, de pé ao seu lado, sente alívio por tê-lo agradado, e isso lhe dá a falsa sensação de alguma afeição por parte de Melquíades.

— Vou precisar me acostumar com esses olhos vazados por um tempo, mas, fora isso, está perfeito — comenta Melquíades.

* * *

Bronco Gil enfia o olho de vidro na órbita ocular e joga água no rosto. Seca-se com uma toalha e a pendura de volta no gancho de plástico atrás da porta do banheiro. Do lado de fora, Valdênio joga sinuca com um preso; Pablo e mais outros dois presos jogam carteado apostando cigarros. Bronco Gil serve-se de uma pequena dose de cachaça que ele mesmo prepara desde que chegou à Colônia e beberica devagar, sentado na mureta da varanda. O rádio está ligado, mas a estática deixa a música ruidosa, o que não é ruim de todo, mas incomoda depois de algum tempo. Pablo, depois de perder três cigarros em partidas sequenciais, decide parar com o jogo e vai se sentar próximo a Bronco Gil.

— Tem cigarro aí, Bronco?

— Perdeu os seus?

— Eu sempre perco.

Bronco Gil apanha um cigarro amassado do bolso da camisa e entrega a Pablo, que, em vez de acendê-lo, o coloca atrás da orelha.

— Até que tá uma noite bem bonita, né, Bronco?

Ele não responde e permanece quieto, até que se levanta e sai para caminhar sozinho. Tira a camisa, agoniado de calor e da comichão que é causada em seu corpo nessas noites quentes de lua cheia. Vai até o córrego estreito e fétido e fica ali ouvindo o cricrilar vindo de entre as árvores. De onde está, observa, sorrateiro, Melquíades em frente ao pavilhão central, olhando para o céu. Os ânimos do agente são alterados em noites assim, e Bronco Gil imagina o que está se passando na cabeça do homem. Teme que esta seja sua última noite, mas certamente Melquíades o deixará para o final. Ouve a animação dos homens, as batidas das bolas de bilhar uma na outra, o ruído da música no rádio. Ao menos eles estão tendo um momento de diversão, no entanto, isso deve terminar em breve. Melquíades entra no pavilhão e, minutos depois, sai carregando seu rifle. Caminha firme, porém sem pressa, na direção de onde os homens estão reunidos.

* * *

Quando desceu do furgão, era noite. Seguido dos outros dois presos e escoltado por dois policiais, Bronco Gil caminhou em passos curtos e sentiu dores nos pulsos por causa das algemas apertadas. Leu na placa de madeira desbotada: Colônia Penal. Melquíades estava parado, em posição de guarda. Sua cabeça, lisa e branca como um ovo, reluzia na noite mal-iluminada. Havia ocorrido uma queda de energia, por isso lampiões e algumas lanternas indicavam o caminho. Bronco Gil enfileirou-se, lado a lado, com os outros dois presos. Um dos policiais entregou ao agente uma pasta contendo informações sobre cada um deles. Despediram-se, entraram no furgão e foram embora sem hesitar. Apesar do convite de Melquíades para passarem a noite na Colônia, preferiram seguir viagem mesmo cansados e saírem o quanto antes daquele lugar.

Em frente a um dos presos, Melquíades colocou uma pequena lanterna acesa entre os dentes, abriu uma das pastas e conferiu a foto com o homem diante de si. Deu um passo para o lado, pois era o arquivo referente ao preso seguinte.

— Júlio César, mais conhecido como Jota.

— Sim, senhor — respondeu o homem, de cabeça baixa.

Melquíades folheou o arquivo com interesse. Deteve-se em algumas linhas descritivas e suspendeu o olhar, de modo estreito, para o homem. Tirou a lanterna da boca antes de começar a falar.

— Matou um policial. Posso saber o motivo?

— Encomenda.

Colocou novamente a lanterna entre os lábios, abriu a pasta seguinte e deparou-se com a foto do primeiro preso. Voltou um passo para o lado. Moveu a lanterna da boca como se puxasse um cigarro.

— Romildo. Mais conhecido como Granja.

Granja permanecia calado e cabisbaixo.

— Hein? Não diz nada? Precisa dizer "sim, senhor". Sempre que algum superior pronunciar seu nome, você responde: Sim, senhor.

— Sim, senhor — respondeu Granja.

Folheou o arquivo do preso e encontrou uma vasta lista de crimes.

— Sequestro e roubo a banco. Cadê o dinheiro?

— Gastei, senhor.

— Gastou? Tudo?

— Puta e cerveja. Meu dinheiro foi nisso.

— Espero que tenha aproveitado bastante.

Deu dois passos largos até Bronco Gil, que permanecia com a cabeça erguida, os olhos ao longe, como se tentasse adentrar a noite por entre as folhagens das árvores adiante.

— Puta que pariu! Você é imenso.

Melquíades, que é um homem forte e alto, tocava a cabeça no peito de Bronco Gil. Os ombros largos do índio encobriam toda a visão do que havia atrás dele. Melquíades folheava seu arquivo.

— Aqui diz que assassinou um prefeito, é isso mesmo, Bronco Gil? Este é mesmo o seu nome?

— Sim, senhor.

— Certamente você não assassinou só um homem na sua vida.

— Não, senhor. Já matei muitos.

— É o que eu falo: a justiça está sempre um passo atrás da injustiça. Bem, eu não estou aqui para julgá-los, porque esse não é o meu papel, além do mais, estão todos devidamente julgados, e tenho aqui, nestes arquivos, a pena de cada um. Eu estou aqui para corrigi-los. Para aplicar a punição. Entendem?

Melquíades deu três passos para trás, apanhou o boné preto pendurado na cintura da calça e o enfiou na cabeça.

— Meu nome é Melquíades. Sou a maior autoridade dentro dos muros. Vocês devem total respeito a mim. Nunca houve uma fuga aqui. Quem já tentou não percorreu nem meio quilômetro.

Melquíades passeava em frente aos presos de modo pensativo, até que se deteve e suspendeu o dedo indicador:

— Vocês são bandidos. Vocês são a escória. Aqui não é colônia de férias. Eu não tenho o menor respeito por bandido. — Cuspiu no chão.

Taborda aproximou-se de Melquíades.

— Este é o agente Taborda. Ele vai encaminhar vocês para o alojamento e amanhã bem cedo vão receber suas tarefas. Aqui todo mundo trabalha. Sejam bem-vindos à Colônia Penal.

Concluiu seu breve discurso e seguiu para o pavilhão central, deixando os presos aos cuidados de Taborda, que retirou de uma caixa uma tornozeleira eletrônica e a suspendeu no ar.

— Isto aqui vai monitorá-los vinte e quatro horas por dia. Se tentarem ir além dos muros, ela explode em trinta segundos e estraçalha o pé. Daqui, ninguém nunca conseguiu fugir.

Taborda abaixou-se e colocou a tornozeleira em cada um dos homens.

— Podem fazer tudo o que fazem normalmente: tomar banho, correr, suar, enfim, é bem segura — salienta com o dedo em riste. — Dentro dos muros.

Ao terminar de falar, fez sinal para que os homens caminhassem em fila, à sua frente. Em passadas comedidas, eles percorreram alguns metros até a entrada do pavilhão oeste, local em que permaneceriam alojados. Taborda, com a ajuda de uma lanterna, retirou as algemas dos homens, que se mantiveram aguardando novas ordens. A um simples gesto de Taborda, os homens avançaram para dentro do alojamento. Quatro lampiões iluminavam o local, e um cheiro azedo de suor misturado a café velho impregnava o ar. O agente indicou dois beliches vazios e apontou para um grande armário de aço com dezenas de portas pequenas. Caminharam até o armário e ouviram atentos as instruções. Receberam cada um uma chave, e seus pertences deveriam caber naquele espaço espremido.

Os homens não levavam muita coisa, somente algum dinheiro, cigarros e pinga em garrafas plásticas. Alguns presos estavam espalhados pelo local e observavam a movimentação dos novos companheiros. Bronco Gil, sem dizer uma palavra sequer, impôs respeito pelo porte físico, pelo olho de vidro e pelas marcas de facada pelo corpo. Evidentemente, ninguém iria procurar problemas com ele.

Bronco Gil recebeu metade de uma barra de sabonete e uma toalha velha e foi encaminhado para o vestiário. Após o banho, foi conduzido ao refeitório.

Comeu sem prazer, mas a sopa estava saborosa para o seu paladar simples. Sorvia-a sem pressa, enquanto observava os homens ao redor, a movimentação de Taborda e de outro agente penitenciário. As luzes voltaram quando estava no segundo prato de sopa. Houve um burburinho de alegria, que logo desapareceu. Tudo parecia calmo, mas havia algo que o incomodava. Era melhor do que estar atrás das grades, no entanto, acreditava que o seu bom comportamento não era o motivo que o havia trazido para a Colônia. Existia algo de errado com o lugar, com a estranha quietude e a aparente falta de perigo. De certa forma, ele ansiava, entre uma colherada e outra de sopa, estar na antiga penitenciária, espremido na cela que dividia com outros nove detentos. Nunca antes havia ouvido falar da Colônia, talvez porque os que foram enviados a ela nunca tiveram a chance de sair para falar de sua existência.

4

Era um fim de tarde pálido, com um horizonte nublado e o ar infestado de insetos. Bronco Gil respirava a carniça do javali morto aos seus pés enquanto sacudia na caçamba da caminhonete do pai. À sua frente estava sentado um homem com chapéu de palha cobrindo parte do rosto. Vez ou outra, durante seu cochilo, disputava com o motor da caminhonete o ronco mais alto.

Desde que fora morar com o pai, um fazendeiro próspero e um tanto cretino, pegara gosto pelas caçadas de javali. Sua mãe tinha sido estuprada pelo pai. Bronco nascera na tribo onde fora criado até os doze anos, quando, por fim, o pai decidiu buscá-lo.

Aprendeu mais do que poderia imaginar. Sua masculinidade se agravou ainda cedo. Mudou parte de seus hábitos. Deixou amenidades e meninices para trás. Fazia parte do bando.

Retornaram para casa, e o javali foi colocado debaixo de uma cobertura no quintal. Nos últimos meses matou tanta espécie de animal que não conseguia calcular. Eviscerar não lhe causa mais nenhuma reação, ao contrário das primeiras vezes, em que vomitava continuamente. O cheiro de animais mortos, do sangue, dos restos e sobras tornou-se natural.

Seu pai estava sentado em sua cadeira na varanda, enrolando um cigarro e assobiando distraído. Ele cantava com as cigarras. Ao longe, uma mulher cruzou a porteira do sítio. Ele apenas a observava. Os vira-latas foram recepcioná-la, mas pouco latiam e mantinham certa distância da mulher. Eles não a assustavam.

— Boa tarde.

— Já é boa noite, senhora.

— O senhor me desculpa entrar assim...

— Entra, filha, e senta aí.

A mulher se acomodou na outra cadeira. O homem gritou para Bronco colocar mais água no café.

— Me mandaram vir falar com o senhor.

— Quem?

— Seu João do Laço.

— Ah, o João... e como ele tá?

— Tá bem.

— E o que traz a senhora aqui? Posso ser útil em alguma coisa?

— Acho que o senhor pode me ajudar.

— E qual é o aperreio?

— Posse de terra, senhor.

O homem acendeu seu cigarro de palha e tragou. Por um instante ficou em silêncio. Os cães começaram a brigar entre si. Ele gritou com os animais e eles se aquietaram.

— Ameaçaram a senhora?

— O dono lá ameaçou todo mundo da minha família.

— Alguém já morreu?

— Mataram meu irmão e minha cunhada. Eles moravam no outro pedacinho, e os meninos deles ficaram comigo.

— A senhora não acha melhor se mudar?

— E mudar pra onde, senhor? A gente não tem pra onde ir. E a terra é nossa, por direito. Mas o homem lá quer tomar tudo pra aumentar a criação de gado.

Bronco Gil apareceu na varanda com uma garrafa térmica e três copos de vidro na outra mão. Ofereceu um copo à mulher e outro, ao pai. Serviu o café aos dois e depois se serviu. Sentou-se em seguida no degrau da varanda para acompanhar a conversa.

— Quem a senhora quer matar?

— O homem lá.

— Tem dinheiro?

— A gente tá tentando juntar pra pagar o pistoleiro. Vamos dar um jeito de arranjar o dinheiro.

Os cães novamente brigavam entre si. O homem pediu licença, levantou-se, apanhou uma mangueira no chão do quintal e jogou água nos animais. Eles se espalharam para lados opostos. Um deles, ele pegou pela coleira, levou-o até o outro lado e o colocou dentro de um cercadinho. Minutos depois retornou a seu lugar. Suspirou e bebeu um pouco mais de café.

— Sabe o que é isso? Briga territorial. Brigam por causa de terra. Aí, eu pergunto à senhora: Os cães são diferentes da gente? Coisa nenhuma.

O homem tragou o cigarrinho e pareceu relaxar um pouco. A mulher, de olhos arregalados e um sorriso amistoso nos lábios finos e levemente pintados de vermelho, não conseguia disfarçar a tensão, apertando os dedos das mãos.

— O sujeito tem família?

— A família abandonou ele. É ruim demais o homem, Deus me livre. Ninguém aguenta ele.

— Eu posso ajudar a senhora. Metade antes e metade depois.

— Quanto custa?

— Uns três mil.

— Acho que a gente consegue só dois mil.

— É pouco, mas com sorte tem quem aceite. Faz assim, a senhora volta aqui depois de amanhã e eu dou uma resposta.

— Muito obrigada, senhor.

— Manda lembranças minhas pro João. Diz pra ele aparecer.

— Vou dar, sim, senhor.

A mulher bebeu todo o café e colocou o copo sobre a mureta da varanda. Pediu licença a Bronco Gil, desejou boa-noite a ambos e seguiu até a saída do sítio escoltada pelos vira-latas.

— Acho que consigo fazer esse serviço — diz Bronco Gil.

— Não sei...

— Acho mesmo que consigo. O homem vive sozinho, pego ele em casa mesmo.

— Tem certeza?

Bronco sacode positivamente a cabeça.

— Uma coisa, filho, é vingança pessoal, outra coisa é vingar morte encomendada.

— Não é tudo a mesma coisa?

— Vou pensar. Não sei, não.

— O senhor não vai se arrepender. Eu sou bom — Bronco Gil sorri, cheio de si.

— Você é um merdinha convencido. Até um tempo atrás tava aí choramingando com saudade da mãe, com nojo de abrir barriga de porco. Virou matador? Vou pensar se te dou ou não o serviço. Enquanto isso, dá comida pros cães.

Bronco Gil levantou-se, animado com a ideia. Todo o sentido que parecia existir era o de seguir por essa trilha escura à sua frente. Cheia de morte, vingança e saciedade.

* * *

O local estava deserto e escuro. Depois de tanto tempo enfiado no mato, dia, noite e madrugada, caçando predadores, já estava habituado a esperar, e havia cultivado uma paciência rara para atacar no momento certo. Deixou a bicicleta a metros de distância da entrada da casa do homem. Somente a luz de um pequeno poste estava acesa. Apanhou na sacola um pacote de salsichas e jogou-as para os cães quando eles vieram em sua direção. Colocou um par de luvas pretas. Caminhou até a porta dos fundos. Estava trancada. Tudo parecia calmo lá dentro.

Uma janela na lateral da casa estava destrancada. Conseguiu suspendê-la o suficiente para que pudesse passar. Caiu por cima de uma mesinha de madeira e derrubou um bibelô. O barulho inconveniente causou uma leve agitação no fim do corredor. Escutou um pigarro. Colocou a mesa de pé e chutou o bibelô quebrado para o canto.

Ouviu passos vindo em sua direção. Escondeu-se em um vão entre o armário e a parede. O homem caminhava arrastando os chinelos e xingava os dois gatos que foram ao seu encontro.

— Vocês quebraram o enfeite, né, seus pestinhas?

Os gatos miaram e se enroscaram nas pernas do homem, que seguiu até a cozinha. Bronco Gil saiu do vão segurando a pistola e entrou na cozinha logo atrás. O homem estava parado diante da geladeira aberta, com uma garrafa de leite na mão.

Engatilhou a arma. O homem olhou para trás lentamente.

— Não se mexa, senhor. Fica quieto.

— Quem é você? O que quer aqui? Não sou rico, não tenho dinheiro. Só tem uns trocados lá no quarto. Pode levar.

— Não é um assalto.

— É o que, então?

Bronco Gil sabe que não é certo esse diálogo. Que deveria somente matar e ir embora. Hesitou por alguns segundos.

— Matar o senhor.

Os gatos rodeavam as pernas do homem.

— Posso pelo menos alimentar meus gatos?

Bronco pensou que deveria acabar rapidamente com aquilo.

— Pode, sim, mas rápido.

O homem caminhou até a pia e encheu uma tigela de leite. Abaixou-se e colocou-a no chão. O que sobrou do leite na garrafa, ele bebeu direto no gargalo.

— Quem te mandou aqui, garoto?

Bronco fica calado.

— Eu tenho pelo menos o direito de saber quem me encomendou.

— A sua vizinha aqui... a dona aqui... — Ele se atrapalhou ao falar.

— Gentinha de merda. Eu tinha que ter matado a família toda. Quanto ela pagou?

— Dois mil.

— Dois mil? Mas na semana passada ela veio aqui me pedir pelo amor de Deus dois mil reais emprestados pra pagar a cirurgia da netinha. Que gente ordinária. Usou o meu próprio dinheiro pra me matar.

— Até que ela foi esperta. O senhor não vai estar aqui pra cobrar mesmo, então...

O homem jogou a garrafa na direção de Bronco Gil e correu. A pistola engasgou quando apertou o gatilho. Apressadamente, ele foi atrás do homem, que se trancou no quarto.

— Eu tô armado aqui dentro. É melhor você ir embora.

Bronco não sabe o que faz. Aquela conversa não era para ter acontecido. Deveria ter sido mais profissional, mais objetivo. Se desistisse, o homem iria reconhecê-lo. Realmente precisava se acalmar e matar o sujeito.

Foi até a cozinha e apanhou uma faca. Saiu da casa e se escondeu na mata. O homem apareceu na varanda segurando uma espingarda. Olhou para os lados, caminhou até o quintal e entrou novamente.

Bronco Gil esperou quase três horas dentro da mata. Retornou à casa e, pela janela lateral percebeu a luz azulada da televisão. A janela pela qual entrara estava trancada dessa vez. Rodeou a casa e não havia como entrar. Atiçou os cães, que começaram a latir no quintal. O homem saiu novamente, carregando a espingarda, procurando o motivo do alarde. Minutos depois retornou para dentro da casa e certificou-se de ter trancado a porta, forçando a maçaneta. Espiou o quintal pela janela. Estava muito agitado e certamente amanheceria sem fechar os olhos.

Em passos suaves, com a faca em punho, Bronco Gil aproximou-se da sala, de onde a luz azulada brilhava. Escutou um barulho de descarga quando atravessou o corredor e deu de cara com o homem diante do vaso sanitário. A espingarda estava em cima da pia. Os dois permaneceram congelados por brevíssimos instantes. O homem avançou sobre a espingarda ao mesmo tempo que Bronco tentou pegá-la. A arma caiu no chão, e Bronco cravou a faca no pescoço do homem. Deu um puxão para o lado e rasgou sua garganta. O homem se debateu, emporcalhou o banheiro de sangue enquanto, aliviado, Bronco Gil o observava. Deu um passo até o vaso sanitário e aliviou a bexiga. Passou a perna por cima do homem ao se dirigir à porta, escorregou na poça de sangue e bateu com a testa na quina da pia. Levantou-se e se olhou no espelho. O corte foi apenas superficial. Apanhou papel higiênico e conteve o sangramento por alguns minutos. Jogou-o no vaso sanitário e deu descarga.

Por pouco essa teria sido a sua última noite. Deveria ter feito um serviço limpo. Mas estava feito. Os gatos lambiam o sangue do homem no chão com a mesma avidez com que beberam o leite horas antes. Bronco Gil saiu pela porta da frente, caminhou até sua bicicleta e pedalou para casa.

Toda a roupa que usou colocou em um saco e a queimou dentro de um latão no quintal. Passou a madrugada em claro, assistindo ao fogo no latão, ao nascer do dia e à vida florescendo silenciosamente no campo.

Questionou se havia deixado para trás algum vestígio, mas acreditava que não. Mesmo que houvesse pistas, não havia muito com o que se importar. Não haveria buscas pelos culpados. Ninguém se importava e ele sabia disso. No caminho de volta para casa, precisou parar para vomitar. Matar um homem era muito diferente de matar javalis. Sentia-se fazendo o trabalho sujo dos outros, atando os demônios alheios. Era a primeira pessoa que ele mandava para o inferno.

Olhou para o céu, amanhecido, murcho feito pão de ontem. Sentiu o cheiro de café fresco vindo de dentro de casa. Levantou-se e dirigiu-se para a porta dos fundos, que dava diretamente na cozinha, deixando a manhã desabrochar, ainda que enrugada e levemente chuvosa.

5

Assim como Bronco Gil, Melquíades é tocado nas noites de lua cheia, principalmente nas noites de verão, como essa. Os homens que, reunidos, se divertem com o jogo de cartas e de sinuca, não percebem o agente se aproximar. Ele coloca o pé no primeiro degrau da escadinha onde Pablo está sentado com o rosto enfiado entre os joelhos. Este sente um frio percorrer a espinha ao ver a ponta do rifle apontada para o chão arrastar na escada e tocar levemente seu braço esquerdo.

Melquíades para na entrada do salão e os presos imediatamente interrompem o que estão fazendo. Ele observa por alguns minutos os homens paralisados embalados pela chiadeira vinda do rádio. Até que ordena que somente dois deles o acompanhem. Taborda retira os outros do local e os encaminha para o alojamento. Os dois homens mal conseguem caminhar, mas, devagar, seguem Melquíades até o lado de fora e param lado a lado. Bronco Gil veste a camisa e se mantém escondido entre as árvores. De onde está, numa parte mais alta do terreno, sua visão é ampla e privilegiada. Talvez devesse ameaçar Taborda para remover a tornozeleira e fugir essa noite, mas não conseguiria atravessar o deserto onde está localizada a Colônia sem antes ser alcançado por Melquíades.

— Bem, presos, vocês foram escolhidos esta noite. Eu prefiro as noites de lua cheia, porque assim vocês conseguem se orientar melhor. E, particularmente, eu também. As regras são simples, e eu imagino que dois merdas como vocês vão compreendê-las facilmente. Os dois foram condenados por crimes semelhantes: estupro seguido de morte.

Os presos olham para o chão. Um deles começa a ter dificuldades para respirar devido à aceleração do coração.

— Conheço a pena de vocês. Foram julgados, condenados, cumpriram pena numa penitenciária até dois meses atrás, mas alguém decidiu enviar vocês dois para mim. Vocês se lembram dos seus crimes? — Não há resposta. — Eu fiz uma pergunta. Preciso de uma resposta.

— Sim, senhor, eu me lembro — responde o homem que aparenta estar menos nervoso.

Melquíades, em silêncio, aguarda o outro preso responder à pergunta. Quando não há resposta, ele a faz novamente, agora direcionada ao homem que sente dificuldade para respirar.

— Você se lembra do seu crime?

O homem de olhos marejados sacode a cabeça.

— O que é isso? Está chorando?

— Eu me arrependi, senhor.

— Você se arrependeu? Imagino que sim. Se eu estivesse no seu lugar também me arrependeria.

Vira para o outro preso:

— E você? Se arrependeu também?

— Sim, senhor.

Melquíades engatilha o rifle.

— Olhem para mim.

Os homens temem suspender a cabeça, mas, devagar, elevam os olhos e deparam-se com o rosto gelado de Melquíades e seu olhar petrificado. Ordena ao primeiro homem que estique a perna com a tornozeleira e a remove. Repete a mesma coisa com o segundo homem.

— Vocês são homens quase livres, agora. Só vou falar uma vez, então prestem atenção: vocês têm a chance de sair de entre os muros, mas é só uma chance, que eu considero remota. — Ergue um cronômetro. — Quando eu der o sinal, vou cronometrar trinta segundos, e nesse tempo vocês podem correr para o mais longe que conseguirem. Mas se eu e o meu rifle CZ.22 fabricado na Tchecoslováquia e de longo alcance encontrarmos vocês, nunca mais deixarão este lugar, entenderam? Evidente que nunca ninguém conseguiu escapar, e todos permanecem aqui, para todo o sempre. É uma medida socioeducativa.

Melquíades grita para os homens correrem e aperta o cronômetro. O mais apavorado mija nas calças antes de conseguir força nas pernas e correr o mais rápido em toda a sua vida. Em quinze segundos, nenhum dos homens está ao alcance dos seus olhos. Ao completar trinta segundos, enfia o cronômetro no bolso e corre para a frente. Em geral, os presos se dividem. Imaginam que há mais chances de escaparem se forem para lados opostos. Caçar homens é um pouco mais meticuloso do que caçar animais selvagens, porém, a fragilidade do corpo humano não permite que avancem para muito longe. Apesar de a escuridão da noite ter sido amenizada pela lua cheia, Melquíades leva uma vantagem maior nas caçadas noturnas por ser daltônico, assim como os javalis. Sua visão noturna é privilegiada e seu raio de percepção visual é muito maior do que o de outros homens. Caminhar pela mata à noite não inibe seus reflexos ou obscurece seus sentidos. Melquíades pode enxergar além das sombras.

Após correr por quase um minuto, ele desacelera o passo e, pisando suavemente no chão coberto de folhas secas, suspende seu rifle pendurado pela bandoleira e o apoia no ombro. Está em posição de soldado, ombros alinhados, costas estiradas e semblante embrutecido. Dilata as narinas, tentando farejar o cheiro de adrenalina dos homens. Avança para o leste, que na maioria das vezes é para onde as caças fogem, imaginando ser mais fácil a fuga. Em outras ocasiões, Melquíades usava um dogo argentino nas caçadas, mas o cão morreu ao ser atacado por um javali que rondava a região.

Caminha espreitando o lado leste, em que há restos de uma antiga construção com paredes lodosas, parcialmente sustentadas por vigas de ferro enferrujadas e algumas grades que, apesar de corroídas, ainda impressionam mesmo depois de um século, quando escravos eram trazidos para cá, açoitados e mortos.

Agora são homens condenados e de toda cor: assassinos e desalmados. Melquíades ouve um barulho que o faz seguir para a esquerda, e percebe que um dos homens está por perto. Seu rifle possui um alcance de duzentos metros, e isso o faz querer explorar os recursos da sua arma em escala máxima. Avista o braço de um dos homens escondido atrás de uma árvore. Poderia atirar no braço, e isso faria o homem correr e logo cair de dor, mas prefere pegá-los enquanto correm.

Mantém o rifle em posição de mira, pisa mais firme no chão, e isso chama a atenção do homem, que corre para dentro da mata. Melquíades avança no encalço dele, sem perdê-lo de vista. Deixa-o embrenhar-se na mata, correndo aflito e lutando pela vida. Calcula a distância e mira bem no meio das costas do preso. Atira uma só vez, e o homem cai, debatendo-se. Caminha rapidamente até o corpo ainda vivo. Vira-o de barriga para cima, apoia o rifle na sua testa e atira. Pedaços do cérebro respingam na sua roupa e em seu rosto. Ele não se importa. Pega o corpo pelo braço e o arrasta para fora da mata, até uma clareira, e sai em busca da segunda caça.

Bronco Gil, assim como os outros presos, foi recolhido e contado no alojamento. Em noites de caçada, ninguém consegue dormir. Bronco mantém o olho bom aberto, e o de vidro, dentro de um copo ao lado da cama. Todos estão quietos, apavorados. Vez ou outra, o som do disparo do rifle pode ser ouvido. É um som longo, que ecoa estreito e sibilante.

Valdênio vira o rosto para Bronco Gil, que está deitado no beliche ao lado.

— Índio, acha que o oficial ainda vem? — sussurra o velho Valdênio.

— Espero que sim — responde Bronco.

— Eles vão deixar a gente aqui. Viemos pra cá pra morrer, ainda não perceberam isso? — diz Pablo com a voz carregada de ira.

— Eu não vou morrer neste lugar — responde Bronco Gil.

Depois disso, eles caem em silêncio, cada um remoendo nos ouvidos os sons dos disparos agudos. Nos vãos do telhado quebrado, a lua cheia irradia um filete de luz para dentro do alojamento. Até que todos dormem, sabendo que a noite seguinte pode ser a última para cada um ali.

* * *

Antes do amanhecer, Taborda acorda Bronco Gil e Pablo. Eles se vestem e imaginam o que devem fazer: cavar buracos. Apanham as pás e percorrem o caminho que já conhecem acompanhados de Taborda. O som das suas botas contra o chão torna-se diferente ao atravessarem para a outra margem da fazenda, e, assim, o solo coberto de cascalhos emite um som ruidoso que dita as passadas.

Bronco Gil e Pablo arrastam os corpos usando uma rede de lona. É a mesma que utilizaram outras vezes no mesmo procedimento. O sangue de dezenas de homens transformou a lona branca em um tecido rígido, escuro e fétido.

O local para cavarem é indicado pelo agente, e eles deixam os corpos dos presos estendidos no chão.

— Podemos fazer só um buraco, como da última vez? — pergunta Pablo.

— Podem, sim.

Começam a cavar o mais rápido e fundo que podem. O solo é pedregoso daquele lado do terreno e sentem dificuldade para continuar.

— Por que não cavamos mais pra lá? O solo aqui é muito duro — diz Bronco Gil.

— Índio, para de reclamar e cava logo isso aí — ordena Taborda.

Bronco Gil volta a cavar e os músculos dos seus braços incham a cada investida contra o solo. As veias das mãos pulsam com ardor. Poderia virar a pá e enterrá-la na cabeça de Taborda e depois jogá-lo na cova com os corpos dos mortos. Quebraria o pescoço de Melquíades e abriria os portões da Colônia. Pensa em todos os passos que daria fora deste lugar. Para por um instante e avista no horizonte o imenso muro que os cerca. É uma espécie de fortaleza, com seis metros de altura e dois metros de espessura. Suas paredes lisas dificultam a escalada. No topo, uma cerca eletrificada com alta voltagem para fazer fritar o cérebro. Para ele, não são muros, são muralhas, como nunca havia visto. Impossível ver o que há do lado de fora, impossível ver o que há do lado de dentro.

— Este solo não presta. Parece que tem algo enterrado aqui — diz Bronco Gil.

Taborda dá alguns passos e verifica o solo dando uma batidinha com a ponta da sua espingarda. Constata que há algo enterrado no local impossibilitando a escavação.

— Dá pra ver o que é?

— Acho que se a gente cavar mais aqui do lado dá pra saber — comenta Pablo.

Eles começam a cavar as bordas e descobrem uma grande caixa de madeira. Removem toda a terra possível, mas não conseguem abri-la.

— Isto é um caixão? — pergunta Taborda.

— Parece um baú — responde Bronco Gil.

— Deve ser coisa bem antiga. Vamos dar uma olhada — diz Taborda, inclinando o corpo para ajudá-los a suspender a tampa.

Depois de algumas vãs tentativas, Taborda imagina se foi mesmo uma boa ideia tentar descobrir o que há dentro do baú.

— Este lugar é antigo. Era comum enterrarem ouro — fala Taborda.

Com a ponta da pá, Taborda insiste em suspender a tampa do baú, o que só é possível quando Bronco Gil, usando a outra pá na extremidade oposta, a força ao mesmo tempo que o agente. A tampa se desprende e Taborda olha para os presos. Uma curiosidade mórbida aguça seu paladar. Inclina o corpo pesado sobre o baú e suspende a tampa. Coloca-se de pé rapidamente ao se deparar com o conteúdo.

Os três homens, em silêncio, olham fixamente para dentro do baú recém-aberto. Pablo vira o rosto para o lado. Bronco Gil observa o semblante de Taborda desfalecer ao constatar que o conteúdo do baú não são barras de ouro.

— Me diga que são animais — fala Taborda, com a voz embargada.

— Não são animais — responde Bronco Gil, que imediatamente avança sobre o baú e o tampa novamente. — Afinal de contas, que lugar é este?

Taborda não responde e permanece imóvel, e assim também é a reação de Pablo. Bronco Gil ordena que Pablo o ajude a jogar terra para cobrir o baú outra vez.

— A gente não devia ter desenterrado isso — murmura Pablo.

Taborda, completamente desorientado e com o rosto perturbado, balbucia pedidos de desculpa. Pablo não diz mais nenhuma palavra, mas os olhos estão rasos d'água. Bronco Gil mantém-se firme, cabeça erguida, mãos rigorosas e braços robustos.

— Vamos para o outro lado — ordena Taborda com a voz baixa e cheia de calos.

Bronco e Pablo voltam a arrastar os corpos sobre a lona até alcançarem o outro lado do terreno, cujo solo cede mais facilmente às investidas das pás. O dia está amanhecendo, e cavam o quanto antes. Jogam os dois corpos no buraco, cobrem com toda a terra removida e retornam sujos e cansados para o alojamento.

No caminho não comentam sobre o que desenterraram. No silêncio ficaram e no silêncio permanecerão. O impacto do que viram os deixa confusos e com a alma revolvida.

Valdênio serve o café da manhã. Café preto, bolo de fubá e pão caseiro que ele mesmo fez na véspera. Bronco Gil senta-se sozinho num canto do refeitório. Ainda sujo de terra e cheirando a merda, ele come avidamente. Vai aguardar mais este dia, e, se ninguém aparecer, está decidido a matar os dois agentes ao cair da noite.

6

Logo depois do amanhecer, o dia refletia uma brancura intransponível que fazia os limites entre céu e terra desaparecerem. As montanhas que contornam a região amanheceram cobertas pela geada. Horas depois, o sol apareceu, vigoroso. Os homens que ainda restam na Colônia dividem-se no trabalho do roçado e da cozinha desde muito cedo. O galinheiro e a pocilga já foram devidamente cuidados. Pablo puxa uma carroça cheia de sacos de lixo. Sente-se um jumento, uma besta de carga. Desde que os cavalos foram mortos, são eles que puxam as carroças. Atravessa uma parte da fazenda cujo solo é mais arenoso, provocando, assim, o afundamento das rodas. Isso dificulta seu labor de besta, e, vez ou outra, precisa parar para se recompor. O lixão atrai abutres para o local, e o fato de incinerarem a imundície não os espanta. Pelo contrário, como um sinaleiro, a fumaça parece atraí--los ainda de mais longe. Observa o voejar das aves negras, cortando o céu com suas asas arqueadas, grasnando uma para a outra, numa comunicação que ecoa a quilômetros de distância. Não é raro uma ave ou outra prender-se na cerca eletrificada e morrer depois de se debater inutilmente. Em algumas partes da cerca é possível ver restos dos esqueletos das aves que foram capturadas. Às vezes, Taborda utiliza uma longa vara de madeira para removê-los.

Pablo acompanha o voo de um abutre que passa muito baixo, próximo do muro. Espera para ver as faíscas que saem quando são fisgados pela cerca. Como imaginou, a ave enroscou-se na cerca, porém não houve faíscas. Debateu-se por alguns segundos, perdendo algumas de suas penas, até que conseguiu se desprender tomando um novo impulso e avançando em seu voo agourento. Era uma indicação. Um sinal. Aquele trecho da cerca estava danificado. Se tivesse a chance de pular o muro, ali seria o local seguro.

Olha para trás e ninguém o observa. Volta a puxar a carroça até a revoada de abutres, cheio de planos na cabeça e com a esperança de que, se fizer tudo direito, conseguirá escapar.

* * *

Bronco Gil remove com as mãos algumas ervas daninhas que crescem agarradas às verduras. Depois de muitos dias, o céu nublado prenuncia alguma chuva para mais tarde. Apanha algumas verduras frescas que ele mesmo plantou e as coloca num caixote. Caminha por entre a horta e colhe alguns tomates selvagens. Taborda mantém-se de pé, à sombra da amendoeira, com uma escopeta atravessada no peito presa à bandoleira de couro. Bronco Gil sabe exatamente quantos passos o levariam de onde está até os portões da rua. A melhor hora para agir é à noite. Talvez não possa contar com a ajuda de outro preso, mas deve arriscar. Não acredita que o oficial chegará, e, se porventura ele vier, certamente será tarde demais para todos os que restam vivos neste lugar.

Bronco Gil sabe que para fugir precisará matar os dois agentes e depois remover a tornozeleira, antes de abrir os portões. O problema é descobrir um jeito de removê-la. Pensa em amputar o próprio pé se for preciso. Não sabe se os outros teriam a mesma coragem, mas é algo a que se agarrar.

Usará o jipe para ir o mais longe possível, e depois, se os outros seguirem com ele, cada um tomará um caminho, por sua própria conta e risco, fugindo para onde bem entenderem.

Certa vez, Bronco preparava o solo para plantação. O sol inclemente torrava sua pele morena, e, na sua quietude, cavava como quem procurava por um segredo. Numa cova rasa, depois de poucas investidas com a enxada, encontrou um crânio humano. Cuidadosamente, com a ponta da enxada, foi abrindo a cova e todo o esqueleto se revelou a ele, amarrado pelos pulsos e tornozelos. E, assim, vira e mexe era possível encontrar partes de esqueletos humanos em diversos pontos do terreno. Foram esses escravos que viveram aqui e aqui também morreram. Melquíades gosta de enterrar seus mortos em outra parte da Colônia. Uma parte com o solo mais fresco e mais macio. Bronco se pergunta quem são aqueles que sabem o que ocorre do lado de dentro dos muros. Entendeu que não foi enviado para este lugar para concluir sua pena, mas sim para ser executado. Não sabe há quanto tempo Melquíades caça os presos, aplicando o que chama de medida socioeducativa, mas, de acordo com Taborda, o chefe enlouqueceu nos últimos meses por causa do confinamento, do estado de isolamento e da convivência com a maldade de cada homem deste lugar. Melquíades não deixará ninguém ir embora, nem mesmo Taborda, e, por fim, acabará também com a própria vida. Ele jamais poderia viver em sociedade novamente, foi corroído pelo sistema que defende.

As especulações em torno da Colônia são muitas. Tudo o que se sabe é que o lugar sempre esteve envolto em mistério de desaparecimento em massa e assassinatos. Há mais de cem anos, quando os escravos que aqui viviam eram, em sua maioria, torturados e mortos, era conhecido como o Calvário Negro. Décadas depois da libertação dos escravos, um silêncio retumbante tomou conta da fazenda, que permaneceu abandonada por muitos anos. Até que um homem chamado Eustáquio comprou a propriedade e se mudou com a família. Nos primeiros meses, houve abundância e tranquilidade, porém, quando os cavalos começaram a cair doentes e o gado a definhar, os problemas realmente começaram. Eustáquio precisou sacrificar todos os cavalos com um tiro na cabeça. Os corpos dos animais, amontoados uns sobre os outros, foram incinerados a céu aberto, e durante dias o cheiro da carne tostada pairou na atmosfera. O gado enfraquecido morreu gradativamente durante um inverno rigoroso, com intensas geadas que persistiram por semanas seguidas. Ao longo de três dias, o sol permaneceu encoberto por nuvens densas e escuras, como se uma lona negra cobrisse todo o firmamento. Os lampiões permaneciam acesos durante todo o tempo. Passados os dias de trevas e contabilizados os prejuízos, os filhos de Eustáquio saíram para um piquenique e nunca mais retornaram. O homem gastou todo o dinheiro que possuía para encontrá-los, mas nem sequer uma pista que lhe trouxesse conforto ou esperança fora descoberta. Morreu na miséria, e pediu para ser enterrado longe daquelas terras, que considerava amaldiçoadas.

Algumas décadas se passaram e um fazendeiro tentou tornar o local lucrativo com a plantação de um milharal. Tempos depois, um incêndio devastou toda a plantação e atingiu parte do casarão em que morava. Mais uma vez o local estava deserto e improdutivo. Até que decidiram construir uma colônia penal que serviria de modelo para o restante do país e de onde nenhum preso escaparia. A construção dos muros levou cinco anos. No dia da inauguração, houve uma festa com música e bebida, e depois todos pareciam ter se esquecido do lugar. Nunca era mencionado, e aqueles que o comandavam a distância evitavam tocar no assunto.

Nos primeiros anos, comboios com presos chegavam semanalmente, eram divididos em funções e disciplinados com rigor quando cometiam uma infração. Diversas fugas foram planejadas, mas nenhuma realmente fora posta em prática. Os presos que ameaçavam a boa convivência no local eram mortos longe dos outros e enterrados em covas coletivas. Alguns anos depois de inaugurada, a Colônia tornou-se um lugar de extermínio. As ordens vinham por escrito, enviadas por telegramas ou telefonemas lacônicos. Os comboios com apenados para serem mortos chegavam com regularidade. Homens de todas as partes, culpados de crimes hediondos, julgados e condenados. Melquíades abatia os homens como quem abate o gado. Eram ordens que deveriam ser cumpridas e não questionadas. Até que um dia cessaram as ordens para a matança, e os apenados que chegavam permaneciam sob o rigor de Melquíades, cumpriam suas penas e eram transferidos para outra unidade ou ganhavam a liberdade. Poucos conseguiram ganhá-la.

Quando recebeu o comunicado de que o local seria desativado, Melquíades prostrou-se por muitos dias. Ainda havia quarenta e dois homens na Colônia. Foi quando começou a caçá-los e a exterminá-los, consumido por uma fúria que desestabilizou sua razão permanentemente.

Melquíades estava em início de carreira quando foi enviado à Colônia. Passou mais tempo atrás daqueles muros do que a maioria dos criminosos que disciplinou. Dedicou a vida a permanecer encarcerado, contendo a maldade atrás dos muros. Ali não havia homem bom; talvez algum deles já tivesse conhecido a bondade um dia, porém o tempo cuidou de apagar qualquer traço do que possa ter havido de bom neles. Melquíades já havia perdido toda a sua bondade, inocência e misericórdia; só restava cuidar dos demônios para que não fugissem do inferno.

Certa vez, um homem cuja filha fora assassinada por um apenado que havia sido transferido para a Colônia procurou Melquíades. Muito angustiado, ele não comia nem dormia direito havia quase dois anos. Era um resto de homem, em miséria de alma e corpo. Ofereceu uma grande soma de dinheiro ao agente, que a rejeitou com veemência. O agente esperou anoitecer, quando então levou o condenado para longe do alojamento. Com pés e mãos amarrados, entregou o criminoso nas mãos do homem, cujos olhos se acenderam. O corpo combalido e a alma miserável desapareceram. Com uma barra de ferro, o homem quebrou todo o corpo do apenado, moendo cada osso. Melquíades permaneceu todo o tempo observando a distância, sentado numa pedra. Os gemidos do condenado cessaram vinte minutos depois, mas ele continuou o espancamento por quase uma hora. Não teve pressa. E Melquíades sorveu o prazer, a ira e a vingança daquele homem que, quando terminou, caminhou lentamente até o agente e se sentou próximo dele, secando o suor e o sangue do rosto enlameado.

— Acho que finalmente vou conseguir dormir — desabafou com voz baixa, esgotado e profundamente grato a Melquíades. Era um outro homem, com a alma lavada em sangue, pronto para seguir adiante.

Antes de começar a caçar os presos e a matá-los, Melquíades levantou-se numa madrugada em que não conseguia dormir, já com o corpo dolorido de tanto revirar-se na cama. Tudo estava calmo. Os homens dormiam e um agente permanecia de prontidão. Caminhou até o estábulo, que abrigava cinco cavalos. Sacou a pistola e executou cada um dos animais. No dia seguinte, sob suas ordens, alguns presos incineraram os cavalos. Essa atitude foi o início do pavor que se instaurou na Colônia. Dois dias depois, Melquíades começou a caçar os presos como se fossem animais.

Bronco Gil lembra-se da madrugada quente e sufocante causada pelo amontoado de homens no alojamento. Saiu sorrateiramente para tomar ar fresco, longe da vista dos agentes. Foi até o estábulo ver os cavalos, que eram as únicas coisas de que realmente gostava neste lugar. Dos cinco, o seu favorito era um da raça crioulo. De estrutura óssea compacta e musculatura consistente, sua pelagem baixa tinha zebruras da crina até a cauda. O animal era vigoroso e ágil. Desde jovem, Bronco Gil montava cavalos dessa raça, cuja aptidão para o trabalho pesado e a lida com o gado são de excelência.

Escondeu-se nos fundos do estábulo quando ouviu a pesada porta de madeira ser aberta. Encolhido atrás de um monte de feno, temia inclinar a cabeça para o lado e olhar para trás na tentativa de identificar quem era. Os breves relinchos dos cavalos eram entrecortados com as passadas. Pelo toque da sola no piso de madeira, Bronco Gil suspeitou ser Melquíades, cujas botas de couro possuíam uma pequena platina no salto curto. O primeiro tiro fez todo seu imenso corpo tremer, e o impacto do cavalo no chão abafou seu gemido de pavor. Os cavalos entraram em desespero, chocando-se contra a parede do estábulo, tentando recuar, com os olhos arregalados. Um a um, caíram no chão. O favorito de

Bronco Gil caiu com a cabeça próxima de seus pés. Os olhos grandes e vívidos foram se fechando devagar ao mesmo tempo que as batidas do coração desaceleravam. As veias saltadas no pescoço foram desinchando e, poucos minutos depois, havia somente ele e os cinco cavalos mortos, iluminados pelo feixe de luz que entrava pelas frestas do velho estábulo.

* * *

— Como perdeu o olho? — pergunta Valdênio.

— Faz alguns anos. Fui atropelado e deixado pra morrer — responde Bronco Gil. Em seguida, faz uma pausa e remói as lembranças. — Um abutre comeu meu olho enquanto eu assistia. Estava paralisado. Muito ferido. Ele achou que eu estava morto. Fazia o trabalho dele. Abutres servem pra isso, pra comer o lixo, a carniça.

Uma abelha pousa na borda da caneca de alumínio em que Valdênio beberica sem pressa um café recém-feito. Com as perninhas diminutas, ela desenha a circunferência repetidamente e emite um leve zumbido.

Pelo aspecto nodoso das nuvens, choverá. Há semanas que o ar está pesado, a respiração difícil e o solo extremamente seco. Nas últimas horas, uma brisa suave começa a percorrer silenciosamente cada canto da Colônia.

— Acho que vem um temporal aí — comenta Valdênio.

Bronco Gil olha para o céu, de um extremo ao outro, e concorda com um aceno de cabeça. Coça a perna muito próximo da tornozeleira e reclama de ela estar apertada devido a um inchaço no tornozelo causado pela má circulação.

— Acha que alguém já conseguiu se livrar dessa coisa? — fala Bronco Gil, olhando para a tornozeleira.

— Acho que ninguém pode remover isto da gente. Só eles, os guardas.

— Por que veio parar aqui, velho?

— Eu era um desgraçado.

Bronco Gil sorri.

— Não se engane: a velhice não melhora o caráter de ninguém. Aquilo que uma pessoa foi fica gravado na pele, no cheiro, no rosto. Se a vida que você levou foi de maldade e sujeira, isso fica estampado na cara. Não sai com nada. Sem a juventude, a gente fica vulnerável. Não resta nenhum artifício. O espírito começa a aparecer de verdade. Sei quando alguém não prestou só pelo contorno das rugas, pelo hálito e pelo olhar.

Valdênio beberica café na sua caneca de alumínio. Observa a agitação de Pablo, que se move apressado, de um lado para o outro, como se algo lhe fustigasse o ventre. Olha para os portões de ferro desbotados, mas intransponíveis. Suspende um pouco a tornozeleira, e com um graveto coça o tornozelo esbranquiçado por causa do excessivo ressecamento da pele. Pela primeira vez, perdeu a esperança de ver o oficial de justiça atravessá-los.

Restam poucos apenados. Além dele mesmo, Bronco Gil, Pablo e Jota, que nas últimas semanas esteve acamado recebendo medicamentos que ainda sobravam no ambulatório. Foi picado por um escorpião e conseguiu sobreviver, apesar de o veneno ter circulado por suas veias durante dias. Desde ontem a febre baixou, e seu corpo parou de tremer e suar. Agora que voltou a andar e a sentir-se mais fortalecido, imagina que deverá ser a próxima caça de Melquíades. Escapou do veneno do escorpião, mas algo lhe diz que não conseguirá escapar daqui com vida. Um terror maior o aguarda: ser abatido como um javali.

Melquíades haveria de matar todos esta noite, e provavelmente Taborda não escaparia às investidas de seu superior.

— Índio, não estou com bom pressentimento — comenta Valdênio.

— Eu também não.

— Acho que Melquíades vai matar todo mundo. De hoje a gente não escapa.

— Não vou morrer aqui, velho.

— Tá pensando no quê?

— Vou matar os agentes, cortar o meu pé e fugir naquele jipe ali.

Valdênio permanece em silêncio por alguns instantes, ruminando as afirmações de Bronco Gil.

— Vai fazer isso mesmo, índio?

— Vou sim, velho.

— Então, conta comigo pro que precisar. Mas prometa que fará esse desgraçado sofrer.

— Farei o meu melhor, velho.

Bronco Gil afasta-se de Valdênio e se põe a caminhar para longe. Taborda desconfia dos presos. Imagina que possam tramar alguma retaliação. Se matarem Melquíades, ele certamente será morto também.

Durante todo o fim de tarde, os homens permanecem entreolhando-se a distância, vez ou outra; seus semblantes refletem a ansiedade que sentem e algum fio de esperança em ver os portões se abrirem e o oficial atravessá-lo. Estão no meio de lugar nenhum e não sabem nem em que região está localizada a Colônia. Do lado de fora, além da vastidão e dos espaços vazios, existe o silêncio empurrando-os para o nada.

Quando o sol finalmente se põe no horizonte, sabem que ninguém virá. Se tiverem sorte, sairão vivos e aleijados de um pé, desde que tenham coragem de ir até o fim.

7

Melquíades destranca o armário de armas e gira devagar a cabeça de uma parte a outra, conferindo seu pequeno arsenal bélico. Diariamente confere as armas. Na prateleira superior, ao lado de caixas de munição, estão três granadas, uma ao lado da outra. Passa a mão na cabeça lisa e assim seca algumas gotas de suor. Sente-se doente. Consumido. Mas inquebrantável. Na parte interna da porta do armário bélico há uma foto dele com o pai, ao lado de um javali morto. Melquíades, ainda muito jovem, segura uma espingarda, e o pai, um facão. São muitas lembranças, quase todas de sangue e vísceras, e era nos momentos de caçada que realmente se aproximavam um do outro. Do pai resta apenas um pequeno exemplar da Bíblia que carrega no bolso do uniforme; do outro lado dos muros não resta nada.

Pela janela, observa a quietude do pátio. De um limite a outro, não há movimentação alguma. Executou toda espécie de sordidez humana. Não se apieda de criminosos, nem dos livres, nem dos condenados. Aprendeu com o pai, um ex-policial, que o melhor lugar para se manter um bandido é debaixo da terra. O pai morreu antes de completar cinquenta anos. Foi em um confronto com criminosos. Antes de ser baleado e cair de uma altura de trinta metros, fuzilou pelo menos seis. Seu nome consta nos registros dos heróis da polícia. Em casa, era fechado e quieto. Na maior parte do tempo, compungido. Gostava de ler a Bíblia, e carregava consigo um pequeno exemplar no bolso do uniforme, justamente como faz Melquíades, que, com esse gesto, mantém um contínuo memorial de seu pai. Antes de entrar para a polícia, seu pai trabalhava como enfermeiro na emergência de um hospital. Lidava com sangue, mas salvava vidas. Inclusive a de bandidos. Era imparcial: o que caía em sua mão, ele se esforçava para manter vivo. Isso foi antes de Melquíades nascer. Aos poucos, a vontade de matar foi se tornando maior que a vontade de ajudar a viver. Nos plantões da emergência era comum lidar com vítimas e criminosos ao mesmo tempo. Foi assim que, gradativamente, surgiu seu desprezo pela vida. Aflorou madrugada a madrugada. Depois de algum tempo, caçar javalis já não o saciava. Queria mais. Entrou para a polícia e matou mais criminosos em um ano que javalis em toda a sua vida. Porém, mesmo sendo a escória, ainda eram seus semelhantes. E isso começou a afetá-lo.

"Quem derramar o sangue do homem, pelo homem o seu sangue será derramado; porque Deus fez o homem conforme a sua imagem." Esse versículo da Bíblia permanecia pregado na porta do seu armário no quartel. Todos sabiam que era um homem de fé e de sangue. Acreditava que se Deus fez o homem conforme a sua imagem, então a justiça de Deus deveria ser feita por intermédio do homem, já que todo ser humano é a manifestação de Deus na Terra. Quando um homem mata um homem, ele mata a imagem de Deus; e, assim, a imagem de Deus torna-se assassina e assassinada ao mesmo tempo. Era comum cair em longos silêncios depois de matar. Por um lado, justiça havia sido feita; por outro, um pouco de Deus estava morto.

Melquíades conheceu os dilemas do pai pouco tempo antes de perdê-lo. Para ele, nunca houve muito dilema, mas sim uma certa dose de loucura que lhe foi preenchendo o espírito, já que, quando a loucura ocupa tão somente a dimensão da alma, ainda é possível ter momentos de lucidez e de regressar à sanidade. Possuída do espírito, não há como voltar.

* * *

Bronco Gil está sentado na beira de sua cama, sozinho e pensativo. Sabe que, se matar os agentes, decepar o pé e fugir no jipe, provavelmente não chegará muito longe. Existe uma chance mínima de conseguir se manter fugitivo, e se esconder na sua tribo pode ser o melhor a fazer enquanto se recupera da amputação. Se for pego, será enviado para uma penitenciária, mas ainda estará vivo. Pode recorrer mostrando aos promotores de justiça grande parte dos presos executados e enterrados na Colônia. Em todo caso, são opções melhores do que permanecer ali dentro.

Sente-se um pouco zonzo, como se estivesse com uma crise de labirintite. Levanta-se, e o alojamento parece rodopiar. Senta-se novamente e se segura na cama. O coração está disparado. A boca seca. Engole a saliva com dificuldade. Busca respirar o mais fundo que pode, mas sua cabeça e seus pensamentos vão amolecendo gradativamente. A visão embaça, apanha a sua caneca ao lado da cama e com muito esforço é possível ver um resíduo misturado ao café que tomou faz poucos minutos. Cai de costas num sono profundo e seu olho de vidro permanece aberto, estupefato.

Do lado de fora do alojamento, Pablo está inquieto. Olha para o céu cerrado de nuvens densas e avista os relâmpagos ao longe. Faz tempo que o céu não se torna tão pesado. As poucas chuvas não têm dado conta da seca. O clima também deixa os olhos ardidos e a boca ressecada. Acende o segundo cigarro em menos de dez minutos. Permanece de pé, próximo à amendoeira em que Taborda costuma se sentar durante horas seguidas. Premeditou tudo ao longo do dia e gostaria de estar mais calmo para seguir com seu plano. Melquíades está em sua sala, e, pelos cálculos de Pablo, ele não vai demorar a sair do pavilhão central segurando o rifle. Sabe que ele e Jota serão os próximos a serem caçados e que Bronco Gil ficará por último, porque é assim que Melquíades deseja. Valdênio certamente será executado com um tiro à queima-roupa, e esse será um tiro de misericórdia.

Pablo não podia deixar Bronco Gil atrapalhar seus planos, e colocá-lo para dormir foi a melhor opção. Sua única chance é pequena, mas existe uma possibilidade de conseguir escapar ainda esta noite. Sabe exatamente para onde deve correr.

Valdênio caminha até ele e olha bem em seus olhos antes de falar com firmeza:

— Pablo, eu sei que você tá tramando algo. Que vai tentar fugir daqui.

Ele não responde. Olha para o cigarro entre os dedos e bate as cinzas no ar.

— Eu vou denunciar isto aqui, Valdênio. Vou salvar vocês.

— Não seja idiota! Se conseguir escapar, eu quero que você desapareça, entendeu? Não olhe pra trás.

Pablo pensa em algumas justificativas para retrucar a Valdênio, mas o olhar trêmulo e comiserável do velho faz com que balbucie algumas palavras vagas, sem que seu raciocínio seja realmente concretizado. Acena positivamente com a cabeça enquanto solta a fumaça do cigarro. Valdênio abraça-o com vigor, vira-se sem olhá-lo e no seu caminhar vagaroso afasta-se o máximo que pode do amigo coberto pelo silêncio.

Melquíades aponta ao longe. Pisa duro e segura o rifle. À sua frente, está Jota, de andar titubeante e cabisbaixo. Antes que acene para ele, Pablo vai ao encontro dos dois.

— Finalmente, você não vai precisar abrir mais covas — diz Melquíades para Pablo. — Vocês dois sabem bem o que vai acontecer aqui. Conheço a punição de vocês. Foram julgados, condenados, cumpriram pena numa penitenciária até cinco meses atrás, aproximadamente, mas alguém decidiu enviar vocês dois para mim. Vocês se lembram dos seus crimes?

— Sim, senhor, eu me lembro — responde Pablo.

Melquíades cutuca Jota com a ponta do rifle.

— E então?

— Sim, senhor. Eu também me lembro — responde Jota ao suspender a cabeça.

— Coincidentemente, ambos mataram um policial. Pelo que sei, por razões diferentes.

Melquíades remove a tornozeleira dos dois homens. Estes, pela primeira vez desde que chegaram à Colônia, sentem um breve sopro de liberdade que poderá durar apenas alguns minutos, mas que é indescritível.

— Agora, vocês são homens quase livres. Só vou falar uma vez, então prestem atenção: vocês têm a chance de sair de entre os muros, mas é só uma chance, que eu considero remota. — Suspende um cronômetro. — Quando eu der o sinal, vou cronometrar trinta segundos, e nesse tempo vocês podem correr para o mais longe que conseguirem. Mas se eu e o meu rifle CZ.22 fabricado na Tchecoslováquia e de longo alcance encontrarmos vocês, nunca mais deixarão este lugar, entenderam? Nunca ninguém conseguiu escapar, e todos permanecem aqui, para todo o sempre. Essa é uma medida socioeducativa.

Melquíades grita para os homens correrem e aperta o cronômetro. Pablo é quem sai na frente; Jota corre em sua direção, mas Pablo faz sinal para que vá para outro lado. Jota vira para a esquerda e ganha um novo impulso nas pernas. Pablo havia deixado um pequeno x riscado na direção da cerca danificada. Não demora para chegar ao lugar. Da marca do x, ele conta cinco passos para o norte, abaixa-se rapidamente e começa a cavar com as mãos o mais fundo que consegue. Sente a ponta do saco plástico e cava até conseguir desenterrá-lo totalmente. Rasga o saco com as mãos e apanha uma corda com um vergalhão em forma de gancho que conseguiu forjar enquanto queimava o lixo. A corda mede quatro metros, e será preciso saltar para alcançá-la. A lua ainda não apareceu. É uma noite nebulosa e não há qualquer iluminação que possa guiá-lo. Joga a corda com o gancho na tentativa de que se prenda na cerca. Na terceira tentativa é que a corda se prende, porém ele não pode testar se está firme, pois está balançando a dois metros do chão. Afasta-se para que possa correr e saltar. Usará o muro como escada e, se for com cautela, imagina que a corda não se romperá e tampouco a cerca. Faz o sinal da cruz sobre o peito. Ouve dois disparos vindos na direção oposta à em que está. Pensa em Jota, e sabe que poderia tê-lo ajudado a escapar também, porém usou-o como isca para despistar Melquíades para o lado oposto.

Pablo enche o peito de ar, e mesmo na escuridão ainda consegue ver a corda pendurada. Corre e salta o mais alto que pode. Agarra a corda e seus pés escorregam do muro. Por alguns instantes busca estabilidade, controla a respiração e tenta manter o corpo firme. Em passadas curtas, agarrado à corda, escala o muro. Ouve pisadas contra o mato seco e imagina ser Melquíades se aproximando. Mantém o ritmo e alcança a cerca. Espera que ainda esteja danificada e pensa em sua família antes de colocar a mão. Nada acontece. Firma-se bem e chega ao topo do muro. Puxa a corda e joga-a para o outro lado, fixando o gancho na cerca novamente. Antes de começar a descer, ouve o engatilhar do rifle, e, antes que o projétil o alcance, Pablo segura a corda com força e pula para o outro lado do muro. Na descida a corda se rompe e ele cai de uma altura de dois metros, batendo as costas no chão. Levanta-se rapidamente e corre o mais rápido que consegue, penetrando a escuridão, como se abrisse caminho numa picada na esperança de fixar um rumo, enquanto Melquíades solta um urro e dispara repetidamente contra a própria noite que parece devorá-lo.

8

O estouro seguinte é de um relâmpago e logo em seguida cai uma chuva pesada. Pablo não sabe para que lado deve correr, pois não conhece absolutamente nada fora dos muros. A sensação de pavor só não é maior do que a sensação de liberdade. Os pingos grossos da chuva chicoteiam seu corpo, parecem esmagar sua cabeça, e assim é para ele o escapar da morte. Uma saraivada de fúria e alegria.

Encharcado, vez ou outra tropeça naquilo que não pode enxergar. A ausência da luz da lua não estava em seus planos, e essa noite ainda mais sombria o deixa terrivelmente desorientado, mas avança na certeza de que escapará. A vegetação é escassa e o solo é áspero.

O terreno é plano e não há como se esconder em possíveis aclives. Se a chuva dificulta para ele, também dificultará para Melquíades, que a essa hora deve estar dentro do jipe, à sua procura. Não acredita em nenhum trato feito com o agente. Pablo sabe que dentro e fora dos muros é um condenado e que continuará a ser caçado. Apesar da sensação de liberdade, não é um homem livre.

São os relâmpagos que o guiam na noite. Entre um clarão e outro, vê uma estrada, e é por ela que segue correndo. O temporal se intensifica e raios caem de uma parte a outra, rachando o céu. Vez ou outra olha para trás, e não avistar nenhum farol lhe causa certo alívio, até o momento em que dois feixes de luz podem ser avistados ao longe. Sai da estrada e embrenha-se pelo chão de terra. Tropeça e rola; para somente ao bater a cabeça numa pedra. Não desmaia, mas está desorientado. O temporal abafa o som do motor do jipe, que certamente está bem próximo. Tenta se levantar, mas cai novamente. Sua cabeça está pesada e sente-se confuso. Espera alguns segundos, respira fundo e põe-se a correr novamente. O jipe se aproxima com os faróis altos. Melquíades dispara para cima e isso faz Pablo apavorar-se. Não há como se esconder. É um terreno amplo, sem árvores ou plantações. Somente um amontoado de terra plana batida. Um relâmpago indica-lhe o caminho quando permite que ele aviste algumas pedras grandes. Pablo esconde-se atrás das pedras, e sua esperança é que Melquíades passe direto. Escuta o ruidoso som do motor do jipe e os brados do agente. Encolhe-se num estreito vão entre as pedras e permanece rezando. O som do jipe se aproximando em alta velocidade aumenta. Não tem para onde ir. Está acuado. O impacto do jipe contra uma das pedras quase provoca um rolamento e Pablo rapidamente pula para longe e permanece caído no chão, quieto, com os olhos bem abertos e os ouvidos atentos. Com cuidado, coloca-se de pé e dá alguns passos em direção ao jipe, cujos faróis iluminam o caminho. Melquíades está desmaiado. O jipe está com uma das rodas presa, atolado num buraco e com a frente esmagada contra a pedra. Num primeiro instante, ele teme aproximar-se mais de Melquíades, mas, quando percebe seu rosto ensanguentado, toma coragem para seguir em frente. Puxa Melquíades para fora do veículo e o coloca no chão. Troca seu uniforme de condenado pelo uniforme de agente. Pega a carteira e o relógio de pulso do agente, que agora está vestido com as roupas do condenado. Pablo arrasta seu corpo por uns cinco metros. O motor do jipe ainda está ligado. Apanha algumas pedras pequenas e escora-as sob a roda atolada. Entra no jipe e engata a ré. Força algumas vezes e a lama respinga longe. No banco ao lado está o rifle maldito. Sai do veículo, apanha mais algumas pedras e calça melhor o buraco em que a roda está presa. Volta para trás do volante e novamente engata a ré e pisa no acelerador ao máximo. O jipe dá um coice, e Pablo chega a perder o controle do volante por breves instantes. Manobra-o e o coloca em posição de partida. Os relâmpagos o acompanham, e sabe disso quando um deles ilumina Melquíades com a cara enfiada na lama. Poderia matá-lo, mas assim é melhor. Deixá-lo ao deus-dará. Se sobreviver, vai preferir ter morrido. Pablo prefere deixar seus mortos para trás, e o agente, agora, é um deles. Engata a primeira e arranca dali em disparada pela estrada, seguindo os relâmpagos dentro da tempestade.

* * *

Dentro do pavilhão central, Taborda bate com o coturno contra o chão de um lado para o outro. Já se passaram quatro horas desde que Melquíades pegou o jipe e anunciou que Pablo havia escapado. Abrigado por um guarda--chuva preto, Valdênio aproxima-se do agente, trazendo uma garrafa de café fresco.

— Acha que aconteceu alguma coisa, velho?

— Precisamos esperar.

Taborda não está transtornado somente com a demora de Melquíades, sabe que a loucura dele também o afeta. Teme ser morto com os outros condenados.

— Ele enlouqueceu de vez.

— Eu sei, velho. Mas o que eu podia fazer? Ele é meu superior, o que você acha que eu deveria ter feito? Estamos nesse fim de mundo, sem comunicação com o lado de fora. Eu não sei de onde vêm as ordens que ele diz receber.

Taborda anda de um lado para o outro, olhando para o chão e agitando os braços no ar. Questiona-se em voz alta, narrando os próprios pensamentos.

— Senhor, as ordens vêm do lado de fora — fala Valdênio.

Taborda para de se agitar. Coloca as mãos na cintura e olha para os pés de Valdênio, parado próximo dele. Por alguns instantes, mantém-se em silêncio sem conseguir olhar nos olhos do velho, até que Valdênio prossegue com seu raciocínio.

— Não se importam com o que acontece aqui dentro. Fomos trazidos pra morrer, não foi?

Taborda não responde, mas Valdênio aproxima-se e toca-lhe o braço até que sua mão o envolve na altura do antebraço e o segura com força.

— Precisa se acalmar, senhor.

— Como você suporta isso, velho?

— Deixei de me importar, senhor.

Taborda agacha-se no chão, abre o colarinho da camisa e respira com dificuldade. Permanece quieto por alguns minutos, e Valdênio ao seu lado, com seu olhar vacilante e seu cheiro azedo, mantém-se firme, amparando-o. Serve um pouco do café, que Taborda aceita com um agradecimento, agora mais calmo.

— Não sabemos o que está acontecendo lá fora.

— Vou ficar aqui até amanhecer, velho. Vou esperar pelo Melquíades.

— E se a gente fugir? Ele vai matar todos nós, sabe disso.

— Não vou deixar que ele mate mais ninguém nesse lugar. Cadê o Bronco?

— Dormindo. Não sei o que deu nele, mas está totalmente apagado.

— É melhor assim — beberica um pouco do café. — E o corpo do Jota?

— Só quando amanhecer. Mas acho que tá lá pelas bandas do norte. Ouvi os disparos vindo de lá.

— Eu também.

— Peço pro Bronco dar um jeito nele pela manhã.

— Faça isso, velho. Agora, vá descansar.

— Sim, senhor.

* * *

Quando amanhece na Colônia Penal, os vestígios da noite anterior são perceptíveis a distância. O corpo de Jota, que morreu de olhos abertos, está estirado no chão sendo devorado por formigas graúdas. Algumas andam sobre seus olhos e movem suavemente as pestanas, como se o morto piscasse vez ou outra. Há marcas de disparos contra as paredes do alojamento e objetos revirados no chão.

Bronco Gil abre o olho lentamente. Tem um gosto ruim na boca. Senta-se na beira da cama com a sensação de ressaca. Vai até o banheiro e enfia a cabeça embaixo da torneira da pia. Com a concha da mão, bebe água. Esvazia a bexiga na privada e pisa numa barata atordoada que sai dos esgotos e passa por cima do seu pé.

Do lado de fora do alojamento, busca por alguém. Não encontra vivalma. Vai até a cozinha e não encontra Valdênio. Debaixo da amendoeira não encontra Taborda. Não há sinal dos homens. Repara que o jipe não está estacionado no local de costume. Bronco chama por Valdênio. Caminha mais apressado, e aquele raro sentimento de horror o assola.

Entra no pavilhão central em passos suaves, na expectativa de encontrar Melquíades. Talvez tenha matado a todos na noite passada e esteja se preparando para acabar com ele. A porta da sala do agente está aberta. Aproxima-se lentamente, sem fazer barulho. Para sua surpresa, o local está vazio. Sai do pavilhão e caminha para os fundos da Colônia. Ao longe vê Taborda e Valdênio arrastarem algo com uma corda. Senta-se numa pedra e espera até que eles se aproximem, sentindo-se aliviado. Conforme se aproximam, percebe que arrastam um corpo. Por um momento, pensa ser o corpo do agente, mas o uniforme inconfundível revela mais um preso morto.

— Não consegui te acordar, índio. O que você bebeu? — diz Valdênio, soltando o corpo de Jota aos pés de Bronco Gil após arrastá-lo por alguns metros com a ajuda de Taborda.

— Me drogaram. Apaguei.

— Deve ter sido o Pablo — comenta Taborda.

— Onde tá o corpo dele?

Taborda seca o suor da testa com um lenço que retira do bolso da camisa e, recobrando o fôlego, responde acenando com a cabeça na direção dos muros.

— Do lado de fora: vivo ou morto. Ainda não sabemos.

Bronco gira o corpo em direção ao local para onde Taborda repousa os olhos.

— Ele conseguiu escapar?

— Pulou o muro. Melquíades foi atrás dele com o jipe, mas ainda não retornou — conclui Taborda.

— Vamos ficar aqui sem fazer nada?

— Eu estou no comando agora. Ninguém vai fazer nada. Vamos esperar mais um pouco.

— É tudo o que temos feito, senhor — interrompe Valdênio. — Ninguém apareceu até agora. Deixa a gente ir.

— E pra onde você iria, velho? Ninguém arreda o pé daqui. — Taborda mostra a arma presa à cintura. — Eu não vou hesitar em usar isso aqui contra um de vocês.

— Ainda não entendeu que não somos o inimigo? Melquíades... — Bronco Gil cala-se abruptamente e revolve seus pensamentos antes de continuar, como se vislumbrasse estar de frente com a besta que se tornara o agente: — Se ele voltar, vai matar nós três — dispara.

— Eu vou pensar em alguma coisa. Agora, vocês dois enterrem o corpo do Jota antes que não reste mais nada.

Taborda vira-se e caminha apressado em direção ao pavilhão central. Bronco Gil apanha a pá da mão de Valdênio e começa a abrir uma cova onde estão.

— Foi aqui que enterrei o vira-lata — comenta Valdênio.

Bronco Gil passou a enterrar cães e homens da mesma forma: importando-se muito pouco. Valdênio, calado e apoiado em sua bengala, observa-o cavar. As investidas da pá contra o solo arenoso produzem um som cortante e repetitivo que repercute aqui e acolá insistentemente. Bronco Gil para algumas vezes somente para secar o suor da testa e das mãos. Vez ou outra coça a pele sob a tornozeleira. Está sedento, com o hálito ruim e os lábios ressecados. Mas não suporta a ideia de continuar vendo Jota ser devorado por dezenas de formigas, e enterrá-lo acabará definitivamente com esse horror desmedido.

9

O confinamento de homens assemelha-se a um curral de animais. O gado é abatido para se transformar em alimento; os homens, por sua vez, são abatidos para deixarem de existir. Não é um lugar de recuperação ou coisa que o valha, é um curral para se amontoarem os indesejados, muito semelhante aos espaços destinados às montanhas de lixo, que ninguém quer lembrar que existem, ver ou sentir seus odores.

Valdênio coloca uma panela no fogo para cozinhar as batatas que terminou de descascar. Na outra panela, revira uma carne moída do dia anterior e acrescenta um pouco de cominho para ressaltar o gosto. Com a ponta da colher de pau, põe um punhado da carne sobre a mão espalmada. Prova-a e estala a língua aprovando o tempero. Bronco Gil aproxima-se quieto, em passos lentos, e apanha um pouco do café que restou na garrafa térmica. Senta-se à mesa e deixa os ombros caírem, debruçando-se sobre ela.

— Taborda quer esperar até o fim da manhã. Tá lá em cima da torre, tentando ver alguma coisa com o binóculo — comenta Bronco Gil.

— E depois, o que ele vai fazer?

— Não disse. Será que o Pablo conseguiu mesmo fugir?

Valdênio para de mexer a panela e apenas o som borbulhante da água fervente com as batatas pode ser ouvido.

— Tenho medo de Melquíades ter alcançado ele — comenta Valdênio.

— Mas a essa hora eles já estariam aqui.

— É isso que não entendo. E se Pablo conseguiu matar o desgraçado?

— Será mesmo possível, velho?

— Não sei, Bronco. Mas precisamos sair daqui.

Bronco Gil termina de beber o café e se levanta sem dizer uma palavra a mais.

* * *

No alto da torre de vigilância, Taborda espia o mais longe que os binóculos encontrados no escritório de Melquíades permitem. De uma parte a outra, somente a propagação da extensão de terra inabitável pode ser avistada. Dentro da guarita, o calor é mais intenso, mas ele cercou-se de litros de água, garantindo assim sua permanência por longas horas.

Bronco Gil caminha de um lado para o outro, como um leão, esperando para devorá-lo. Mesmo armado, Taborda o teme e sabe que ele tentará persuadi-lo a remover a tornozeleira para que possa fugir. Vez ou outra, o índio olha para o alto da torre, rondando de um jeito insidioso, mas impedido de subir, já que Taborda passou a tranca pelo lado de dentro. Teme por sua vida, e está decidido a permanecer ali a maior parte do tempo. Quando Valdênio vem chamá-lo para o almoço, ele joga uma corda e pede que amarre um balde e dentro coloque o prato de comida. Valdênio obedece, e Bronco Gil, que a tudo observa do alto de um pequeno outeiro, entende que o agente, ainda que armado, está apavorado com a ideia de tê-lo por perto.

Os minutos são intermináveis e sufocantes. Taborda come avidamente e transpira sobre o prato. Com as costas da mão, seca o suor da testa sem largar o garfo, que novamente enterra no punhado de arroz que ainda resta. Deixa o prato e os talheres no canto da torre e entorna um litro d'água goela abaixo. Sua barriga estufada faz pressão contra o cinto de couro. Afrouxa a fivela e senta-se no chão por algum tempo, descansando a refeição.

Bronco Gil comeu pouco no refeitório, acompanhado de Valdênio, que limpou o prato argumentando que esta pode ser sua última refeição. Bronco permanece calado nas últimas horas, mas existe uma espécie sutil de satisfação em seu semblante que indica estar com alguma boa ideia. Valdênio toma um gole de café e apoia o copo sobre a mesa. Olha fixamente para Bronco Gil, que finalmente suspende o olhar e o encara por instantes.

— Como vamos tirar esta maldita coisa do tornozelo? — questiona Valdênio. — Não sei se consigo serrar meu próprio pé.

— Ele tem que livrar a gente disso.

— Ele não vai querer.

— Uma hora ele vai ter que descer daquela torre.

— Acho que está apavorado demais pra isso.

— Eu vou esperar e vigiar.

— Não podemos fazer nada, Bronco.

— Não enquanto ele não desatar esta bomba da nossa perna.

— Eu fico me perguntando se é mesmo verdade, se esta tornozeleira explode se a gente sair da Colônia, avançar por esses muros.

— Não temos como ter certeza. Mas, se não explodisse, por que Melquíades ia tirar a tornozeleira dos presos antes da caçada?

Valdênio suspende as sobrancelhas e termina de beber o café. Reflete por um instante, ruminando seus pensamentos em silêncio.

— É, faz sentido.

Taborda acorda de um cochilo e se levanta. Na minúscula guarita, ele caminha três passos curtos para cada lado devido à necessidade de esticar as pernas. Suspende os binóculos que estão pendurados no pescoço por uma cordinha e avista ao longe. Percebe uma pequena nuvem de poeira. Pode não ser nada, mas deixa-o intrigado o suficiente para iniciar conjeturas. Volta-se para outra direção e avista Bronco Gil sentado no pequeno outeiro, fumando um cigarro e com os olhos pregados no topo da torre. Ao perceber que Taborda o observa com o binóculo, Bronco dá um sorriso malicioso.

Taborda afasta o binóculo para o lado e senta-se novamente no chão da guarita. Precisa se esconder dos olhos silvestres de Bronco Gil. Pela primeira vez, Taborda sente um misto de desespero e solidão. Apanha a carteira no bolso da calça e retira uma foto dos filhos. Talvez nunca mais os veja e permaneça enterrado entre os muros da Colônia para todo o sempre, exatamente como as dezenas de homens assassinados que ajudou a matar devido ao seu silêncio. Se agora está acuado, pensa, é porque foi covarde todo esse tempo, e o que o espera não é bom. Haverá de ser punido: pela lei dos homens ou pela justiça daquele índio miserável.

Novamente se coloca de pé e puxa o binóculo à altura dos olhos. A pequena nuvem de poeira dos últimos poucos minutos ampliou-se e agora percebe-se claramente um carro se aproximando. Uma caminhonete, para ser mais preciso, é o que ele constata àquela distância. Não importa quem seja, mas o importante é que alguém está vindo em direção à Colônia. Algo deve ter acontecido com o jipe e Melquíades conseguiu uma carona para retornar. É a coisa mais lógica que tem em mente, e em momento algum se lembra do oficial de justiça que estava prestes a chegar nas últimas semanas.

Somente ele sabe que alguém se aproxima, e está decidido a aguardar a caminhonete parar diante do portão antes de jogar as chaves para que Valdênio o abra.

Taborda, a todo pulmão, coloca a cabeça para fora da guarita e grita por Valdênio. Este demora para acenar e caminhar até a base da torre. Olha para cima aguardando as ordens de Taborda.

— Velho, eu vou jogar as chaves do portão. Você deve abri-lo.

Valdênio esboça um semblante confuso e, antes de questionar a ordem, Taborda conclui:

— E não faça perguntas. Vai lá, abre e volta aqui.

Valdênio apara as chaves entre as mãos e caminha o mais apressado que pode até o portão. Bronco Gil tão somente observa, sentindo-se inquieto, mas dominando seus impulsos.

Valdênio abre o portão e retorna imediatamente para a torre. Taborda constata que há mais de uma pessoa dentro da caminhonete, mas é impossível identificar quem quer que seja. Quando já está muito próxima da Colônia, Taborda sinaliza e, assim, o motorista diminui a velocidade e entra pelo portão. Taborda imediatamente desce as escadas da torre. Apressadamente, destranca a porta da guarita e sai, pisando duro, como se um resto de hombridade tivesse aflorado. Valdênio, parado próximo da torre, somente observa o veículo entrar no pátio. Bronco Gil se levanta e caminha em direção à caminhonete.

Taborda é o primeiro a se colocar diante do carro. O motorista, um homem ainda jovem, pouco mais de trinta anos, desce e sorri ao estender a mão para ele.

— Eu sou Heitor, o oficial de justiça.

Taborda sente-se um tanto desnorteado.

— Achei que o senhor não viesse mais.

— A demanda de trabalho é grande, por isso não consegui vir antes.

Taborda aperta ainda com mais satisfação a mão de Heitor.

— O senhor não sabe como é bom tê-lo aqui — diz, aliviado.

Bronco Gil e Valdênio estão lado a lado, observando o encontro a certa distância.

— Já devíamos ter desativado este lugar há meses. Está péssimo, isto aqui — comenta, olhando ao redor, mantendo uma expressão de repúdio fixada no rosto.

Taborda apenas concorda com um aceno de cabeça.

— Até porque houve uma falha na segurança.

— Falha? Nunca tivemos um fugitivo — surpreende--se Taborda.

Heitor dá meia-volta e abre a porta do carona. Algemado pelos pulsos, Melquíades desce do veículo e se coloca frente a frente com Taborda.

— Então o que me diz deste aqui? Encontrei ele na antiga estrada, todo sujo e confuso. Bateu com a cabeça, porque tá sangrando. Não sabe nem o próprio nome.

Por seu olhar perdido e semblante assustado, Melquíades deixa claro que está atordoado. Taborda, assim como os outros dois presos, não diz uma palavra sequer que altere a versão de Heitor. Permanecem calados e estupefatos por uns instantes.

Taborda vira-se para trás e encontra os olhares atentos de Bronco Gil e Valdênio, tão surpresos quanto ele próprio.

— É verdade, senhor — gagueja Taborda, forçando consternação. — Este preso tem nos dado trabalho e conseguiu escapar.

— Como foi possível ele tirar a tornozeleira? — questiona Heitor.

— Isso é o que vamos tentar descobrir — responde Taborda, olhando para Melquíades, que, mesmo transmitindo desorientação e certa fragilidade, ainda o coage de certa maneira. Taborda aproxima-se de Melquíades e o observa de perto. A ferocidade no olhar ainda está lá, bem no fundo. Vira-se sobre os calcanhares e puxa o ar com força, tomando posição diante do oficial.

— Gostaria de saber se é possível que essa falha fique somente entre a gente. Eu sei que é chato pedir uma coisa dessas para o senhor, mas é que foi a primeira vez que isso ocorreu, e logo agora que a Colônia será desativada não vejo o...

Heitor interrompe Taborda com um tapa amistoso em seu ombro.

— Será que você me arruma um copo d'água? Que calor infernal faz neste lugar — conclui, abrindo o colarinho. — É sempre quente assim?

— Sempre.

Heitor suspende as sobrancelhas, admirado.

— Então vamos acabar logo com isso, porque não vou suportar este lugar por muito tempo.

10

Heitor abocanha a penúltima garfada de seu almoço sentado à mesa da cozinha, sob os olhares de Bronco Gil e Valdênio, que permanecem afastados e sussurram um para o outro.

— Taborda vai colocar o nosso preso na cela? — pergunta Bronco Gil.

— É mais seguro — responde Valdênio.

— Aquele desgramado do Pablo conseguiu mesmo.

— Fico pensando no que aconteceu lá fora.

— Acho que nunca vamos saber.

Valdênio termina de preparar uma marmita e entrega a Bronco Gil, que a levará para Melquíades. Heitor pede mais uma garrafa de água e elogia a comida de Valdênio; e diz que, apesar da simplicidade, o tempero estava gostoso. O velho sorri, com satisfação. Quando isso ocorre, sente que ainda presta para alguma coisa.

Bronco Gil atravessa o pequeno e estreito corredor que fica no subsolo do pavilhão, local em que se encontram três celas pequenas, para o caso de algum preso quebrar as regras da Colônia. A área de isolamento é escura e úmida. Um local inóspito. Impossível manter a sanidade depois de permanecer por dias nesse buraco. A estrutura subterrânea do pavilhão se baseou na antiga estrutura que mantinha os escravos encarcerados por mau comportamento. Muitos morriam aqui embaixo, outros retornavam à superfície com uma leve demência ou desorientação. Melquíades ocupa a primeira cela, tão insalubre quanto as demais. Bronco Gil lhe entrega a marmita e uma garrafa plástica com água por uma abertura na parede.

Ele se levanta do chão, caminha até Bronco Gil e o olha nos olhos. Melquíades mantém o semblante duro que lhe é habitual. Bronco Gil tem uma leve impressão de que ele o reconhece por um momento, mas Melquíades desvia o olhar e apanha a marmita e a garrafa de água. Bronco vira-se para sair, quando ouve uma pergunta:

— Sabe por que estou aqui?

Bronco Gil volta-se para ele, cruza os braços e respira em ritmo suave.

— Cometeu alguns crimes.

— Alguns? Quanto tempo estou aqui?

— Não sei ao certo. Já estava quando cheguei.

— Éramos amigos?

— Não.

— Por quê?

— É melhor comer antes que esfrie — Bronco Gil se afasta da grade e caminha em direção às escadas.

Melquíades corre até a grade e o chama.

— Volta aqui. Só mais uma coisa.

Bronco Gil para, reflete um pouco e retorna.

— Então, eu vou ficar neste buraco por muito tempo?

— Não sou eu que dou as ordens aqui.

— Você sabe como eu escapei daqui?

— Não se lembra de nada mesmo, não é?

Melquíades faz que não com a cabeça.

— O agente disse que meu nome é Chico, é isso mesmo?

— Se ele disse...

Bronco Gil retoma os passos em direção às escadas e sobe até encontrar a luz do sol novamente. A escuridão do isolamento é terrível até mesmo para um homem como Melquíades.

* * *

Acompanhado de Taborda, Heitor entra na sala de Melquíades. Observa a decoração e se impressiona com a cabeça de javali pregada na parede.

— Ainda está sem os olhos — comenta Taborda.

— É mesmo linda esta cabeça — diz Heitor.

— Foi o índio que caçou. Estava dando trabalho pra gente, agora taí, enfeitando a parede.

— Como foi que o javali entrou nas terras da Colônia?

Taborda reflete por instantes e uma ruga se forma entre seus olhos.

— Taí uma coisa que não sei responder. Nunca parei pra pensar sobre isso.

— Com esses muros em torno da área é impossível um animal desses entrar. A não ser que ele tenha sido trazido pra cá.

Taborda tenta acompanhar o raciocínio de Heitor e se perde em seu próprio emaranhado de conjeturas.

Heitor acomoda-se numa poltrona e faz sinal para que Taborda sente-se na outra.

— Ainda não entendi bem o que houve com Melquíades. Ele é responsável pela Colônia há anos. Não soube de nenhuma baixa.

Taborda inclina o corpo para a frente, apoiando-se sobre a volumosa barriga, e seca o suor da testa.

— O senhor sabe como são esses trâmites burocráticos. Ele enviou uma carta de baixa do serviço, mas não sei se chegou ao destinatário. Estamos mesmo isolados aqui. Nem os telefones funcionam, e o correio há quatro meses não passa, nem mesmo o caminhão de lixo.

— Ele precisou se afastar por quê?

— Depois de anos prestando um excelente serviço à comunidade, o senhor Melquíades estava um pouco, digamos assim, estressado, precisava se afastar de tudo isto aqui.

Heitor dá um tapa na própria perna como se despertasse.

— Não me admira. Este lugar, depois de algum tempo, deve levar qualquer um ao desespero. Mas restam somente três presos?

— Há tempos que não recebemos cargas de condenados, e alguns foram levados para outros lugares — diz Taborda.

Heitor abre a pasta com os arquivos e folheia algumas páginas.

— É estranho o senhor me dizer isso, pois deveriam constar aqui na Colônia quarenta e dois homens. Onde estão os outros trinta e nove?

Taborda franze o cenho e ruidosamente suspira. Heitor o observa com um ar impassível enquanto aguarda pela resposta. Olha para o arquivo aberto e confere em algumas linhas informações pertinentes aos apenados. Taborda recompõe-se. Ajeita-se na poltrona, puxa a perna direita sobre a esquerda, e assim, esforçando-se em forjar alguma naturalidade, começa a falar.

— Trinta e nove? Bem, eu não sei dizer.

— Como assim? Você não sabe o que houve com os outros trinta e nove apenados que estavam aqui?

— Como eu disse, muitos foram transferidos e...

— Mas esses homens ainda estão aqui, judicialmente falando. — Heitor bate a ponta do dedo indicador sobre o arquivo.

Taborda sacode a cabeça em concordância, visivelmente desorientado.

— Tivemos alguns problemas.

— Quais?

— Uma epidemia — gagueja. — Muitos foram enviados para hospitais da região.

— Não fomos reportados de nenhuma epidemia.

Taborda levanta-se e caminha em passadas breves de um lado para o outro.

— Como eu disse pro senhor, estamos sem comunicação há algum tempo.

— E quando foi essa epidemia?

— Faz mais de um mês.

Heitor baixa a cabeça e novamente verifica as informações do arquivo. Folheia as páginas como se buscasse por um novo dado, algo que tenha passado despercebido, e, ao suspender o olhar, nota que nenhuma resposta foi encontrada. Fecha o arquivo e se levanta.

— Para quais hospitais os homens foram enviados?

— Eu não sei. Isso tudo era com Melquíades, e ele... — Engasga.

— E ele o quê, agente?

— Ele não está mais aqui. Não sei onde estão os homens.

Heitor aproxima-se de Taborda e o olha diretamente nos olhos, de um modo acusatório e intenso.

— Agente, o que diabos aconteceu aqui?

Taborda prende a respiração e a solta num impulso barulhento, fazendo Heitor recuar um passo para trás.

— Eu já disse, senhor, uma epidemia. Os homens foram levados para hospitais da região e somente o meu superior tinha as informações. Eu só acatava as ordens dele.

Heitor suspende o arquivo diante do rosto de Taborda e o sacode no ar.

— Trinta e nove. Eu quero saber dos trinta e nove, senão ninguém arreda o pé daqui.

Prevendo não obter mais nenhuma informação, Heitor retira-se da sala, deixando Taborda de pé, com o rosto suado, o coração palpitante e, sobre a cabeça, uma densa nuvem escura que o esmaga contra o chão. Talvez devesse contar toda a verdade ao oficial, mas isso o condenaria, já que seria apontado como cúmplice de Melquíades. Se omitir, os dois presos que restam darão um jeito para que a verdade venha à tona. Porém, tanto ele quanto os presos querem Melquíades morto. E isso nunca esteve tão perto de se concretizar.

11

Heitor cobre o nariz e a boca com a mão e aperta os olhos quando o vento arrasta em sua direção uma lufada da fumaça provocada pela queima do lixo. Não esperava encontrar a montanha fétida. Bronco Gil é quem atiça o fogo e empurra os entulhos para o meio, para que sejam consumidos. O negror da fuligem recobre sua pele, seus olhos estão avermelhados e ardem. Heitor não intenta aproximar-se; decide manter a distância devida, e isso o faz contemplar o cenário de modo mais amplo. As ratazanas amontoam-se umas sobre as outras, tentando escapar do fogo, tentando abocanhar as sobras orgânicas da cozinha.

Bronco Gil percebe o sinal de Heitor e caminha até o oficial.

— Pois não, senhor?

— Vocês sempre queimam o lixo?

— Sempre. Não temos coleta regular.

— Você é o Bronco Gil, confere?

— Isso mesmo, senhor.

— Como escapou da epidemia?

— Epidemia?

— A epidemia que adoeceu os outros apenados.

Bronco Gil cospe no chão, e, assim, parece conseguir alguns segundos de vantagem enquanto processa o comentário do oficial.

— Sorte, eu acho.

Heitor suspende as sobrancelhas e coça o nariz. Olha para os lados, ainda sondando o local e os limites dos muros.

— Você sabe como aquele homem conseguiu remover a tornozeleira?

Bronco acena negativamente com a cabeça.

— O que afinal está acontecendo aqui, Bronco Gil?

— Não sei do que está falando, senhor.

Heitor olha para o índio, da mesma forma que olhou para Taborda horas antes. Vira-se e, caminhando em passos lentos, segue para longe da fumaça e do crepitar dos entulhos da montanha de lixo.

* * *

Anoitece devagar. Heitor sente o corpo moído, mas seus olhos ainda estão despertos e seus sentidos, aguçados. Será difícil dormir essa noite. Levanta-se da cama, apanha na bolsa uma lanterna e o maço de cigarros e sai do quarto que prepararam para ele no mesmo pavilhão do escritório de Melquíades.

Do lado de fora do pavilhão é terrivelmente silencioso. Acende o cigarro e traga profundamente. Põe-se a caminhar pelo terreno, deixando o vento fresco da noite amortecer o calor imperioso de todo o longo dia.

Ainda é possível ver pequenos focos de fogo da queimada do lixo. O céu está limpo e mais estrelado do que jamais imaginou. Senta-se num outeiro e traga a pequeníssima ponta que restou do cigarro. Sente-se melhor, mas seus pensamentos ainda não se organizam devidamente. Antes de tentar dormir, folheia diversas vezes o arquivo com nome e foto dos apenados que cumprem sentença na Colônia Penal e não vê a de Chico. Há quatro Franciscos, mas nenhum se parece com o homem que está preso no subsolo da Colônia.

A versão de uma epidemia ainda não o convence. Nada foi reportado, e nem mesmo os hospitais para onde os presos supostamente foram levados enviaram uma notificação, o que ocorreria em casos desse tipo. Não pode ir embora antes de saber o que houve nesse lugar e onde estão os trinta e nove homens, que agora considera desaparecidos.

Imaginara que conversar com Bronco Gil, ou mesmo com Valdênio, ajudaria a entender o que houve, mas isso só o deixou mais confuso. Bronco fora lacônico. Valdênio não o olhara nos olhos e se limitara a responder somente sim e não. Imagina que a resposta possa estar no subsolo do alojamento, naquela cela espremida.

Quando amanhece, Heitor desce as escadas para o subsolo e desperta Melquíades, que, encolhido sobre uma esteira de palha, dormia profundamente. Seu ressonar ecoava até as escadas. Ele se levanta devagar e olha para Heitor, que o espera com a grade aberta. Melquíades sai e caminha em direção às escadas, seguido pelo oficial. Entram na cozinha e Valdênio assusta-se ao vê-los, mas disfarça o embaraço. Sustenta a mão firme, jogando a água fervente no coador de pano encardido cheio de pó de café diretamente numa panela sem cabo.

Heitor e Melquíades sentam-se à mesa. Desde que o contingente de homens foi reduzido a número tão escasso, as refeições passaram a ser feitas na cozinha, e o refeitório foi trancado.

Taborda, seguido de Bronco Gil, entra no local. Entre-olham-se quando se deparam com Melquíades. Cumprimentam-se todos, secamente. Taborda senta-se próximo a Heitor, que ocupa a cabeceira da mesa.

— Agente, tomei a liberdade de trazer este homem cá pra cima. Imagino que não haja problema.

— Não, senhor.

— Acho que seria prudente mantê-lo com uma tornozeleira.

— Vou providenciar — diz Taborda, levantando-se.

Heitor toca em seu braço e o faz aquietar.

— Tome seu café, agente. Coma em paz. Depois faça isso.

Valdênio come em pé, apoiado na pia. Ninguém conversa durante a refeição, e o barulho da mastigação dos cinco homens estala nos ouvidos de Bronco Gil, cujos sentidos aguçados lhe permitem perceber Melquíades, que permanece cabisbaixo todo o tempo, como se evitasse encarar os outros.

— Lembrou de alguma coisa? — pergunta Heitor para Melquíades.

Este só acena negativamente com a cabeça, sem suspendê-la.

— Vamos dar uma volta, quem sabe não se lembra de algo?

Melquíades dá de ombros e continua comendo em silêncio, sem se importar.

— Senhor... — fala Taborda. — Talvez não seja uma boa idcia sair com ele por aí. É um preso perigoso.

— Ah, sim, e o que mais você pode me dizer sobre este homem, agente Taborda?

Taborda engole o pedaço de pão que mastiga e busca o que dizer olhando para dentro do seu copo com café.

— É um criminoso, senhor. Como os outros.

— Ah, muito bem... se é assim, talvez você devesse ir com a gente.

— Como o senhor quiser.

Recaem novamente em silêncio, mas dessa vez há algo diferente dos minutos anteriores. Melquíades suspende sutilmente a cabeça e olha de soslaio para Bronco Gil de um modo que o faz gelar. Lá está a escuridão que conheceu desde que entrou nesse lugar. É o olhar da morte. Nas memórias perdidas de Melquíades, o assassino se encontra lá, bem no fundo, prestes a saltar para a superfície.

Ao terminarem de comer, Melquíades sai da cozinha acompanhado do agente e do oficial. Bronco Gil se encosta na pia e começa a secar a louça que Valdênio lava.

— Não estou gostando disso, Bronco. Devíamos contar a ele a verdade.

— Ainda não, velho. Quero matar Melquíades.

— Você vai se complicar.

— Hoje fujo daqui. Mas não antes de matar aquele miserável.

— Estou com mau pressentimento.

Taborda sente um certo alívio ao ouvir o clique da tornozeleira ao ser fixada na perna de Melquíades. Heitor, de braços cruzados, espera que Taborda se coloque de pé e vire-se.

— Senhor, quando vamos partir? — pergunta Taborda.

— Quando eu encontrar os trinta e nove apenados que deveriam estar aqui.

Taborda caminha e toca no braço de Heitor, indicando que devem ir para longe de Melquíades.

— Por que não damos uma caminhada, senhor?

Heitor concorda e prontamente se põe a andar lado a lado com Taborda. Nos primeiros minutos, nem sequer trocam uma palavra, e Heitor acompanha o ritmo das passadas do agente, que o conduz até a parte mais alta da fazenda, de onde se avista um pouco do lado de fora dos muros.

— Senhor, eu admito que tivemos muitos problemas aqui na Colônia — começa Taborda, com a voz embargada e extremamente inseguro. — Foram dias difíceis. Mas agora já não há o que fazer.

Pela primeira vez, Heitor percebe sinceridade no agente e tem a sensação de que algo terrível ocorreu no lugar.

— Pode me contar, agente.

— Estou muito cansado — diz, resignado, e pouco parece lhe importar o que o oficial pergunta.

Com o semblante desfalecido, Taborda vira de lado, desviando o centro do seu olhar para longe de Heitor.

— Eu me sinto tão miserável. Acho que é melhor o senhor ir embora o quanto antes.

— Afinal, o que aconteceu aqui, homem?

Taborda deixa-se embalar pela brisa morna e suave que lhe toca o rosto. Ouve o delicado barulho do vento espanando a vegetação, e isso o faz lembrar de sua casa quando criança, das árvores que sacudiam muito próximas da janela do seu quarto e que embalavam seu sono com o rumorejar das folhas.

— O senhor não sente? Não sente no ar, na água, no chão...? — Taborda ajoelha-se e toca o solo. Com um punhado de terra nas palmas das mãos, observa-a escorrer por entre os dedos. — Fomos longe demais, senhor.

Heitor abaixa-se e olha consternado para Taborda, que esfrega as mãos contra o solo.

— O que vocês fizeram?

Taborda, por fim, senta-se no chão, afrouxa o colarinho, dobra as mangas da camisa e seca o suor do rosto e da cabeça.

— Faz tempo que sinto que não vou deixar este lugar. Que não vou ver meus filhos novamente. E vi eles tão pouco nesses últimos anos. Lamento por isso. Eu deveria ter ido embora, pedido demissão, assim que tudo começou. Mas não, eu fiquei. Não sei bem o motivo, achei que era o certo a fazer. Achei que a justiça funcionava daquela maneira. Sabe, senhor, depois de anos confinado aqui dentro, a gente esquece de como é o mundo lá fora. Nosso mundo é aqui dentro, ao lado de todo tipo de gente. Não sei exatamente quando comecei a me tornar indiferente, não me lembro... é uma coisa lenta, que vai te cozinhando bem devagar, até que você se dá conta de que não tem mais volta. Você perde toda afeição pelo outro, nem se dá conta de que esses homens são seus semelhantes. Eu gostaria de dar um abraço nos meus meninos. O senhor tem filhos?

Heitor sacode a cabeça negativamente.

— É lindo, senhor. Não deixe de experimentar.

Heitor, com cuidado, toca o braço de Taborda.

— Onde estão os homens?

— O senhor ainda não entendeu, não é? Ainda não matou a charada. Estamos sentados bem em cima deles. E se caminhar pra lá ou pra lá — aponta em ambas as direções — vai pisar sobre muitos outros.

Heitor respira fundo e mergulha o rosto entre as mãos por poucos instantes. Os olhos marejados e o coração pesado lhe fustigam a alma.

— O pior é que, quando abrimos um buraco no chão, geralmente encontramos outros enterrados. Só restam os ossos e as cordas amarrando os pulsos e os tornozelos. Eram enterrados assim. Há mais homens aqui embaixo do que em cima, esteja certo disso.

Taborda, aos poucos, vai se tornando sereno diante do horror que relata, não por desprezo, mas por ser esse horror aquilo que ele mesmo se tornou. Está amaldiçoado. Violou os mortos. Do que omitiu, agora está aprisionado. Poderia atravessar os portões da Colônia, sentir a liberdade na carne, mas isso já não é possível no espírito. Sua alma, fisgada, já está enterrada, e o peso que sente abater-se sobre seu espírito é a terra que pesa toneladas sobre si.

— Dia desses, estávamos procurando um lugar para enterrar um dos presos. O chão estava duro. Pedregoso. Abrimos uma cova com muito esforço, e lá estava um baú. — Para por instantes. Solta um pequeno sorriso ao lembrar que imaginou haver ouro dentro do baú. Uma pequena fortuna que o faria dar o fora da Colônia e não olhar para trás. — Cheguei a achar que era um tesouro. O senhor acredita? Fiquei bem animado.

Mas novamente as trevas abraçam seus olhos e nenhum brilho ou resquício de uma criatura de Deus pode ser vislumbrado.

— Abrimos o baú e quis acreditar que eram animais. Mas eram bebês. Bebezinhos. Os ossos bem pequenos, tão frágeis, eram muitos...

Heitor levanta-se antes que Taborda conclua sua história e afasta-se do agente como ato de repulsa. Taborda solta a voz com aspereza e força.

— Não quer ouvir até o fim? Não terminou, senhor. Volte aqui e escute até o fim. Coloque tudo no seu relatório.

Heitor não olha para trás e concentra-se somente em descer o outeiro tentando equilibrar as pernas trêmulas. Antes que conclua a descida, o aperto no estômago, que gelou ao ouvir o relato final de Taborda, não obedece aos seus comandos e, de quatro, vomita ali mesmo, como um cão doente e miserável.

— Já estavam aqui antes de nós. Isso já começou há muito tempo — Taborda volta a falar em voz alta, fazendo suas palavras ricochetearem contra os muros.

Heitor levanta-se devagar, sentindo-se zonzo. Seca a boca com a manga da camisa e continua a descida sem olhar para trás. Em passos vez ou outra bamboleantes, alcança a entrada do pavilhão oeste, onde encontra Valdênio apoiado na porta da cozinha.

— Me dá um café — ordena a Valdênio, que se põe a puxar a perna atrasada e serve Heitor prontamente. Este acena para que ele se sente à sua frente. Heitor toma um gole do café quente e respira seu perfume por instantes. Parece recobrar os sentidos, o pensamento lógico e o ritmo cardíaco.

— Vou tirar vocês daqui hoje. Eu prometo que, antes que o dia acabe, você estará fora daqui.

Valdênio mantém os olhos sobre a mesa e não ousa encarar Heitor, mas acena com satisfação.

— Eu só preciso entender uma coisa... quem é o preso que eu encontrei lá fora?

Valdênio suspende a cabeça e olha devagar para Heitor. Entrelaça os dedos sobre a mesa e puxa com força o ar pelas narinas.

— É Melquíades, senhor.

Heitor retrai o rosto como reação de seu espanto. Solta um sorriso leve em descrédito.

— Ninguém sabe o que houve, mas saiu daqui sendo ele mesmo pra matar o Pablo, um outro preso que conseguiu escapar. Depois apareceu daquele jeito, trazido pelo senhor.

— Por que não me disseram quem ele era?

— Porque a gente queria matar ele e poupar o senhor.

O som de um único disparo é ouvido ao longe e faz Heitor dar um pulo da cadeira. Valdênio caminha o mais depressa que pode, mas seu passo lento o mantém distante de Heitor. Do lado de fora do pavilhão, Heitor refaz o caminho para o outeiro em que esteve com Taborda. Não o encontra lá. Desce rapidamente e toma o cuidado para não pisar no próprio vômito de minutos atrás. Corre até o carro estacionado, e os pneus estão murchos, rasgados com um facão. Abre a porta e embaixo do banco do motorista apanha uma pistola enrolada numa toalha. Heitor nunca aprendeu a atirar muito bem. Fez algumas aulas de tiro, mas raramente acertou o alvo.

Vê Bronco Gil correr e decide ir em seu encalço. Mas para quando avista Valdênio abaixado, com a mão sobre o corpo de Taborda, ambos sob a amendoeira. Bronco segura no braço do velho e o coloca de pé. O corpo pesado de Taborda está estirado de barriga para cima e o braço direito estendido com a arma na mão. A bala entrou pela têmpora direita, mas seu percurso a fez sair atrás da orelha esquerda, que se esfacelou com o impacto.

— Onde está Melquíades? — pergunta Heitor.

Bronco Gil olha secamente para o oficial e ajuda Valdênio a voltar para o pavilhão oeste. Heitor, segurando a pistola, sente-se ainda mais inseguro. Tudo o que premeditou segurar foi uma caneta para preencher o relatório sobre o fechamento da Colônia. Ter uma arma embaixo do banco do carro é apenas um protocolo. Mesmo temeroso, decide procurar por Melquíades, e não o encontra em nenhum dos pavilhões. O fim de tarde não ameniza o calor de todo o dia. O chão está quente, e isso deixa seus pés molhados de suor dentro dos sapatos. Ao avistar os urubus sobrevoando o lixão, caminha até lá. O fogo que nunca se extingue mantém os detritos inflamados. Não há sinal de Melquíades. Retorna por outro trajeto. Ainda ao longe, percebe o portão da Colônia aberto. Apressa os passos e coloca-se a correr quando avista, caída no chão, uma tornozeleira eletrônica. Seu pavor é crescente. Não sabe no que acreditar: se Melquíades é o suposto fugitivo que encontrou, se Bronco Gil e Valdênio tramam a morte do agente ou se, depois de tudo, sua própria sobrevivência está nas mãos dos condenados.

De um extremo a outro da Colônia, somente os muros altos lhe parecem confiáveis. De fato, constata, esses muros não servem apenas para manter os condenados confinados, mas para apagar qualquer vestígio da existência desses homens. Do lado de fora, ninguém se importa. Ninguém quer ver o que se passa aqui dentro. Aquilo que não serve, que não presta para mais ninguém. Assim como lixo que se amontoa extingue-se no fogo, assim são os entremuros para os confinados. O lixo, porém, ainda se recicla. Para esses homens, não há quem lhes confie uma nova chance. Agora, é o oficial quem olha ao longe, na esperança de ver alguém atravessar o portão para salvá-lo.

12

Heitor entra na sala de Melquíades e encontra Bronco Gil com o arco pendurado no ombro e segurando uma espingarda. O armário bélico do agente está com a porta visivelmente arrombada. Heitor recua um passo e estende a mão em direção a Bronco Gil.

— Melquíades esteve aqui e pegou algumas armas — diz Bronco Gil.

Heitor saca a arma e aponta para ele.

— É melhor você largar estas coisas aí no chão. Eu estou no comando deste lugar agora.

Bronco Gil não move um dedo sequer. Seu semblante áspero permanece inabalável.

— Está apontando a arma para a pessoa errada, senhor. Melquíades está armado, solto aí fora, e vai matar o resto de nós.

Heitor treme as mãos, e sua incompetência em segurar uma arma diante de um homem tão assustador é vergonhosa. Olha para a tornozeleira presa à perna de Bronco Gil. Não parece estar mentindo, e, se quisesse matá-lo, já o teria feito. O oficial joga no meio da sala a tornozeleira que encontrou.

— A memória dele voltou acompanhada de outros demônios — fala Bronco Gil.

— Eu não creio nessas coisas — refuta Heitor.

— É bom que comece a crer, porque nas próximas horas é tudo o que vamos encontrar.

Valdênio está parado a poucos passos do portão aberto. Há muito tempo não sente um fio de liberdade trespassar sua alma, que se entremostra corajosa de súbito. O olhar trêmulo e a boca craquelada lhe conferem decrepitude. A pele é mais negra que as noites sombrias em que percorreu por décadas os cárceres. Põe-se a arrastar a perna atrasada, contrabalançando o peso sobre a bengala, e para quando chega a um passo de atravessar o portão.

É início da noite e há uma luz deitada no horizonte tocando o topo das montanhas. Vez ou outra algumas mariposas tocam-lhe o rosto e, zunindo em torno da sua cabeça, assemelham-se a pensamentos vagueantes.

— Ei, velho, o que tá fazendo?

Valdênio continua olhando para a frente e admirando o resto de claridade ao longe. Ameaça um passo adiante, mas é detido por Bronco Gil.

— Não faça isso. Estamos perto de sair daqui, velho.

— Sempre quis saber se esta coisa explode de verdade. Nunca te contei, mas tive uma chance de sair daqui. Uma única vez. Eu poderia ter ido pra longe e nunca mais me encontrariam, mas tive medo desta coisa explodir. Não me importo mais.

Valdênio dá o primeiro passo para fora dos muros. Respira fundo e dá mais dez passos até parar. Vira-se para Bronco Gil, que permanece do lado de dentro esperando o porvir. Contam, cada um para si, até trinta. Nada acontece. Valdênio bate as palmas e dá um pequeno pulo.

— Eu sempre desconfiei, índio. Eles mentiram pra nós esse tempo todo. A gente se cagando de medo e podia simplesmente ter ido embora. — Cai na gargalhada como nunca antes.

Bronco Gil, espantado com a descoberta, ri da cara do companheiro e da maneira como dança desengonçado, debochando de si. Finalmente Valdênio está do lado de fora e olha para o interior da Colônia pela primeira vez. Essa inversão de ótica o faz parar de dançar e rir. Acima do portão, em letras de ferro desgastado, está escrito há muito tempo: "A correção nos torna livres."

Ele firma seus olhos trêmulos e cansados em cada letra e balbucia para si repetidas vezes o que está escrito. É tomado de um desespero proporcional à alegria que o invadira minutos antes. Bronco Gil caminha devagar em direção a Valdênio quando percebe seu estado e seu olhar petrificado mirando acima do portão.

— Que maldição, velho? O que tem aí? — Bronco Gil lê a inscrição. — Deixa disso, velho. Eles corrigem a gente com uma bala na cabeça, e somos livres quando morremos. É isso o que diz aí em cima. No fim, somos todos livres, porque, no fim, estaremos mortos.

Bronco Gil dá mais alguns passos na direção do companheiro, na intenção de levá-lo para dentro da Colônia e fazê-lo se acalmar. O som do disparo e o impacto do projétil no peito de Valdênio soam quase sincrônicos. Bronco Gil arrasta-o para a base do muro e pressiona seu peito. Valdênio tosse sangue, um sangue escuro que se mescla com sua pele negra.

— Aguenta, velho. A gente vai sair daqui.

Valdênio respira com dificuldade e sente os pulmões serem pressionados. Falta-lhe o ar. E assim, esvaindo-se rapidamente, antes de fechar os olhos, toca a face de Bronco Gil.

— Não me leve pra lá de novo — murmura.

A cabeça do homem pende para o lado. Bronco fecha seus olhos, que agora perderam o resto do brilho e do tremor contínuo. Não há mais nada lá. O velho se foi. Bronco apoia a cabeça de Valdênio no chão, levanta-se e retorna para dentro da Colônia com a espingarda em posição de disparo. A noite já encobriu todo o céu, e é assim, à noite, que seu faro para caçadas é mais apurado. Corre para dentro do pavilhão oeste e encontra Heitor sentado na cozinha, com a arma em cima da mesa e as mãos enterradas nos cabelos.

— Foi você quem atirou, Bronco?

— Foi Melquíades. Acertou o velho. Está morto.

Heitor não sabe o que fazer, e pela primeira vez na vida depende de um miserável como Bronco Gil para salvar seu próprio rabo.

— Sabe atirar?

Heitor olha para a arma em cima da mesa.

— Já atirei numas latinhas.

— Acertou?

Heitor não responde.

Bronco Gil cruza no peito a alça do arco e o suporte com as flechas. A espingarda, ele pendura no ombro direito. Na cintura, carrega um facão improvisado feito de um pedaço de ferro. Puxa uma cadeira e senta-se em frente a Heitor.

— Somos nós dois contra aquele miserável?

Heitor observa Bronco Gil e sua dureza de espírito. Mas é disso que precisa no momento para sobreviver a esse lugar. É desse miserável sentado à sua frente, condenado e com diversos outros crimes nas costas que, se contabilizados, o manteriam encarcerado por séculos.

— Acho que sim.

— Tem uma condição.

Heitor, visivelmente abatido, ajeita-se na cadeira e esfrega os olhos ardidos.

— E o que seria essa condição?

* * *

Javalis velhos são solitários. Vagam quietos apenas em busca da sobrevivência. São animais assustadores e silenciosos. No máximo, um macho adulto aceita a companhia de um mais jovem; uma espécie de pajem. E só. São caçadores e conseguem sobreviver e se multiplicar rapidamente em regiões distantes de seu continente de origem. Uma vez por ano, vão ao encontro das fêmeas para a reprodução, e passadas algumas semanas retornam para o estado solitário. São acanhados e violentos. Suas presas produzem lanhos tão profundos na carne que deixam o osso à mostra. Quando atacam, em raros relatos, laceram o abdômen e evisceram a vítima.

O caçador ético nunca abate além dos limites permitidos. É preciso manter a distância necessária do alvo para dar a este a chance de escapar, de sobreviver, mesmo que você tenha fome. Aprender a caçar é aprender a controlar os instintos e a ser íntegro e honesto consigo. Quando mastigar a carne da presa, entenderá que foi o melhor e por isso merece saborear aquilo que perseguiu e abateu.

Faz meia hora que chove e os relâmpagos ajudam a iluminar as trilhas insidiosas da fazenda. Nenhum rastro permanece visível, e o barulho das águas pode confundir os ouvidos. Bronco Gil segue em frente, tendo Heitor atrás de si com uma arma em punho. Ambos encharcados de água e lama que respinga nas pernas, até a altura das coxas.

Heitor escuta um revirar nas moitas próximas, o sussurro de uma respiração atravessando os pingos da chuva. Algo o rodeia. Como um cão que o fareja, que ouve seus batimentos cardíacos, o aumento da pressão sanguínea e o pavor que perscruta os sentidos.

— Bronco, acho que ele está por perto.

Bronco Gil faz sinal para que Heitor se cale. Abaixa-se e caminha agachado por um trecho da mata segurando a espingarda em posição de mira. Heitor segue seus movimentos, atento a cada barulho e sentindo-se confuso, pois não sabe distinguir os sons à sua volta.

Um disparo atinge uma pedra muito próxima de Bronco Gil, que se coloca de pé rapidamente e revida o tiro. Agacha-se novamente. Mais um tiro, e este atinge um arbusto perto de onde estão. Bronco faz sinal para que prossigam para outra direção, na tentativa de despistar Melquíades. Imagina que ele esteja numa parte mais alta do terreno, o que o favorece.

Bronco carrega a espingarda pelo ferrolho, sendo preciso girar a alavanca para cima e puxar para trás. Ao carregá-la, não consegue puxar o ferrolho para a frente nem travá-lo para o tiro. Está emperrado. Corre pela mata adentro, seguido por Heitor, que está ainda mais desesperado.

Javalis são astutos. Os homens também. A técnica da caça pode ser aplicada tanto para racionais quanto para irracionais, porque, no fim, todos são caça e caçador, não importa o grau de racionalidade. Nem os javalis nem os homens devem ser caçados à revelia. Eles sabem que estão sendo perseguidos e sabem ser rápidos e violentos o bastante para sobreviver.

Algo se move a uns cem metros de distância. Bronco dispara diversas vezes no fogo cruzado. O som dos disparos ressoa dolorido nos ouvidos de Heitor, que se sente zonzo. Bronco move-se agachado e, ao olhar para trás, vê Heitor caído. Retorna para acudi-lo. Heitor está tomado de pavor e imobilizado pela falta de coragem para seguir em frente.

— O senhor está bem? — pergunta Bronco Gil.

Heitor toca-se por todo o corpo e não tem certeza do que sente.

— Não sei.

Bronco Gil começa a apalpar Heitor até que este grita de dor. A bala alojada no braço esquerdo começa a fustigar a carne, e o sangue mistura-se à água da chuva. Bronco rasga uma parte da camisa de Heitor com brutalidade e enfaixa o ferimento com força.

— O senhor precisa voltar. Vá por ali e vire à esquerda quando chegar no primeiro clarão, antes do lixão. Siga direto até o pavilhão oeste.

Heitor esforça-se para memorizar as palavras de Bronco Gil e para cumprir cada passo do que ele explicou.

— E você?

— Vou seguir. Agora vá.

Bronco Gil volta a se arrastar na lama, com a espingarda em riste, como se em toda a sua vida tivesse chafurdado na lama para garantir a própria sobrevivência. Heitor olha para trás antes de prosseguir, e ali está o homem que ele deveria salvar salvando a sua vida, arriscando-se mais do que qualquer um jamais se arriscou por ele. Um condenado, confinado atrás dos muros de um inferno que ele, com os outros do lado de fora, ajudou a criar. Põe-se a correr quando os traçados de fogo provocados pela troca de tiros explodem no ar.

Bronco Gil precipita-se sobre o dorso escorregadio de uma elevação barrosa. Avança para o leste, embrenha-se num trecho de mato alto e árvores de copas redondas. Sente um calor intenso subir pelo pescoço por causa da aceleração cardíaca. O som de seus passos sobre o mato molhado é o único barulho que enche o local, seguido da chuva e de sua própria respiração, mas algo lhe perturba os sentidos. Alguma coisa parece estar ao seu derredor, pois é possível perceber pares de olhos esquadrinhando seus movimentos. O particular silêncio do iminente. Bronco

Gil está sendo caçado e não parece ser por Melquíades, mas por algo disforme que pressente, mas não vê. Sombras não deveriam existir na escuridão porque precisam de alguma luz para serem projetadas. Mas aquilo que se move entre os arbustos é algo que se dissipa ao movimentar-se de um lado para o outro. Quando entende a situação, busca se concentrar novamente em Melquíades e não nos demônios que o rondam, que vivem nessas terras há séculos alimentando-se de sangue, comendo a carne dos homens feito abutres, aprisionando as almas nesse inferno entremuros.

Melquíades está a uns duzentos metros de distância e Bronco Gil usa seu arco e flecha quando encontra a melhor posição para mirá-lo. Vê a ponta do cano do rifle de Melquíades quando este dispara em sua direção, e assim, valendo-se desse brevíssimo clarão no meio da noite, calcula o melhor lugar para lançar a flecha. Bronco Gil cai ao sentir o projétil raspar seu ombro. A pele rasgada imediatamente começa a arder por causa do atrito da bala. Avança agachado na direção de Melquíades. Não sabe se o atingiu, porém não houve nenhum barulho.

Mantém-se abaixado todo o trajeto e se levanta ao ver o pé do agente, que está estirado no chão, ainda se mexendo levemente, as mãos na flecha que atravessou sua garganta.

Um relâmpago é tudo de que Bronco Gil precisa nesse momento, para só então contemplar o horror desmedido no rosto de Melquíades enquanto aquelas trevas que o rodeavam o cobrem lentamente. Ouve um trincar de dentes que parece vir de toda parte, brotando do solo e descendo dos céus. Seja lá o que for, dura alguns segundos e é recolhido com a chuva, que para abruptamente, como se nada mais restasse nas alturas, como se todo o mal tivesse sido lavado.

Bronco Gil espera até ver despontar o sol atrás das montanhas ao longe. Retira a blusa de Melquíades e amarra-a no pulso do morto, simulando, assim, uma corda para puxá-lo pela mata até o pavilhão.

Heitor está sentado numa cadeira na entrada do pavilhão, fumando um cigarro. Mal consegue se mexer. O braço atingido parece feito de pedra. O peso conferido é por causa do inchaço, e a cor avermelhada lhe dá um aspecto doentio. Avista Bronco Gil arrastando o corpo de Melquíades e tendo o nascer do sol às suas costas. Ele mantém o ritmo de suas passadas com a precisão do caçador experiente que carrega a presa abatida.

Aos pés de Heitor, joga o corpo do agente. Heitor evita olhar diretamente para o morto esfacelado com a flecha atravessada na garganta. Bronco Gil gesticula para que Heitor olhe para o corpo a seus pés.

— Serviço limpo — diz Bronco.

Heitor olha para o corpo com ânsia de vômito.

— Acertou ele com uma flecha?

— Sim, senhor.

Heitor aproxima-se um pouco do rosto de Melquíades. Observa seus traços e sua expressão.

— Ele parece estar sorrindo... reparou?

Bronco Gil ignora.

— Agora o nosso acordo — diz.

Heitor abaixa-se e remove a tornozeleira de Bronco Gil. Este esfrega o tornozelo, cuja pele está irritada pelo ressecamento. Imaginou que quando removessem a tornozeleira estaria morto.

— O senhor vai ficar bem?

— O telefone voltou a funcionar.

Bronco Gil assente com a cabeça e dá meia-volta. Apanha uma pá caída próxima dos seus pés.

— Não vai pegar suas coisas?

— Não tenho nada pra pegar, senhor — responde sem olhar para trás.

Bronco segue em direção ao portão. Do lado de fora dos muros, abre uma cova não muito funda, mas que comporta o corpo do velho. Cobre-o balbuciando uma prece. Quando termina, sai a caminhar, na direção em que seus passos lhe conferem, e chega a uma antiga estrada em que a movimentação de carros é pequena. Faz sinal, mas não há quem pare. Segue pelo acostamento, arrastando suas botas surradas e na cabeça um chapéu que o protege do sol. Ao escutar o barulho do motor de um carro, vira-se para trás e estica o braço, sem muita esperança. A caminhonete passa por ele, mas para logo à frente.

Ao perceber o veículo aguardando-o, Bronco Gil acelera o passo, já que a fadiga o impede de correr. Diante da janela do carona, abaixa-se e olha para o motorista.

— Entra aí — grita o homem.

Bronco Gil abre a porta levemente emperrada, senta-se e tira o chapéu. Acomoda-se, e de imediato o motorista engata a primeira e toca a caminhonete, como quem guia um cavalo chucro.

— Meu freio não anda muito bom e a minha caixa de câmbio... Por Deus, preciso de um carro novo. Eu sou Milo — o homem estica a mão para cumprimentá-lo. O veículo faz um zigue-zague na estrada. Bronco o cumprimenta.

— Bronco Gil, às suas ordens.

Milo olha para a camiseta de Bronco Gil e repara no logotipo desbotado. Faz sinal com a cabeça.

— Achei que tivessem fechado aquele lugar há anos. Ainda tem muita gente lá?

— Não, senhor. Fui o último a sair.

Milo seca o suor do rosto com uma toalha encardida e a deixa sobre o ombro novamente.

— Tem pra onde ir?

— Não, senhor.

— Tô precisando de um capataz. Um tipo assim feito você.

Bronco Gil espanta-se com a oferta de trabalho e se mantém em silêncio enquanto pensa no que dizer.

— O senhor não se importa?

— De você ter puxado cana?

Bronco Gil aguarda as conclusões de Milo, quando este solta uma gargalhada estapafúrdia.

— Rapaz, nunca soube de ninguém que tenha saído da Colônia. Lá, o preso entra, mas nunca sai. Todo mundo por aqui sabe disso. Não sei o que você fez, mas se saiu de lá, bem, é porque você é bom em se manter vivo e deixar os predadores bem longe. — Milo dá uma piscadela para Bronco e continua: — Tenho uma fazenda de abate de gado. Preciso de um homem de confiança, pra comandar os funcionários, receber o gado. Tem salário, casa e comida. Uma folga quinzenal. Você pode ir aonde quiser.

Bronco Gil acena sutilmente com a cabeça, em concordância. Não tem para onde ir, mas imagina que para ele, que viveu em confinamentos durante anos, um outro confinamento com folga quinzenal e salário fixo lhe soa atraente. Distrai-se ao olhar pela janela, para a vegetação ressequida e os terrenos amplos.

— Onde dá essa estrada?

— Não sabe onde está?

— Não.

— Certamente pra bem longe daquele inferno, isso eu te garanto.

— O senhor já esteve lá?

— Nunca. Graças ao meu bom Deus — benze-se.

— É verdade isso? Que todo mundo sabe que o preso entra, mas nunca sai?

Milo acena positivamente ao olhar para Bronco Gil. Comprime os lábios, como se lamentasse essa constatação. Seguem em silêncio embalados pelo marasmo provocado pelo vento quente que entra pelas janelas. À frente, a imensidão de uma região deserta e desconhecida. Assim como a manhã, Bronco Gil está ressurgindo, nascendo novamente, como se tivesse acabado de sair das entranhas do Criador e sido despejado num chão de pó vermelho e pedras sob um céu que ainda não se tornou azul.

Este livro foi composto na tipografia
Minion Pro, em corpo 12/17, e impresso em
papel off-white no Sistema Digital Instant Duplex
da Divisão Gráfica da Distribuidora Record.